ひとり膳

料理人季蔵捕物控

和田はつ子

時代小説文庫

角川春樹事務所

目次

第一話　梅見鰤《うめみぶり》

一

年が明けて松が取れ、如月《きさらぎ》に入ると、江戸の町ではそこかしこから梅の便りが聞こえてくる。

日本橋は木原店《きはらだな》にある一膳飯屋《いちぜんめしや》塩梅屋《あんばいや》でも、例年、今頃は梅の花の話でもちきりとなった。

「今年の一番咲きも言わずと知れた梅屋敷だとさ」

数寄屋町《すきやちょう》の履物屋の隠居喜平《きへい》は、意気揚々と梅の開花を主季蔵《あるじとしぞう》に告げた。

亀戸《かめいど》にある梅屋敷には、古樹の臥龍梅《がりょうばい》をはじめ数百本の梅の木が植えられている。梅見の名所として名高かった。

「あそこの臥龍梅の枝ぶりときたら、艶《つや》っぽい年増《としま》女の寝姿みたいな見事さだ。がぶりと呑《の》み込まれそうだが、それでも抱いてみたい。とかく、いい女は怖いところもある。この道は命がけなんだ」

喜平は、人並み外《はず》れた女好きで、奉公人の腰巻きの中を覗《のぞ》くなどの出歯亀《でばがめ》ぶりが過ぎて、息子に隠居させられたという話を恥じるどころか、誇らしげにふれ回ってきた。日頃から、老いても色気と食い気に貪欲《どんよく》であることが長寿への道だとうそぶいている。

「一番咲きが梅屋敷だなんて、笑わせるぜ」

隣り合って酒を飲んでいた辰吉《たつきち》がじろりと喜平を見た。

「亀戸といやあ、天満宮あってだ。梅屋敷と天満宮は目と鼻の先だよ。だから、一番咲きは梅屋敷じゃねえ、天満宮の境内《けいだい》の梅さ。助平爺《すけべいじじい》の臥龍梅が一番咲きじゃ、天神様の罰《ばち》が当たる」

辰吉は酒好きだが、すぐにすーっと顔が青くなる。酒に呑まれる性質《たち》で、飲めば必ずたがが外れる。

「臥龍梅はその昔、水戸徳川家の光圀《みつくに》ってえ殿様が命名なすったという、ありがたい梅の木だぞ」

喜平は口をへの字に曲げた。

「俺はあんたの口から、ありがてえ臥龍梅の名を聞きたかねえんだよ。冥途《めいど》の殿様だって、せっかくの臥龍梅を、あんた好みの年増女呼ばわりされたかねえだろうよ」

辰吉は大食い競べで知り合って夫婦になったおちえに惚《ほ》れきっている。この恋女房を酔った喜平がつい、〝あれは女ではない。褞袍《どてら》だ〟と口を滑らしたのが禍《わざわい》して、今でも辰吉はこれを恨みに思っているのか、喜平が得意満面で女の話を始めると、まったとばかりに話の腰を折るのであった。

とはいえ、老齢の喜平が風邪《かぜ》をこじらせて死にかけた時、辰吉は喜平の容態の悪化を〝憎まれっ子、世に憚《はばか》るだよ〟と言い切って、断固信じようとしなかった。ようは、二人は喧嘩《けんか》するほど仲のいい呑み友達なのである。とはいえ、今、二人は仇同士《かたき》のように睨《にら》みあっている。青い辰吉の顔には凄味《すごみ》さえ感じられる。

「まあまあ――」

一番年齢《とし》の若い勝二《かつじ》が間延びした声で仲裁に入った。指物《さしもの》師の入り婿となって、種馬よろしく跡取りの父親となった勝二は、日々、何かと肩身を狭く暮らしているせいか、年齢に似ぬ気遣いに長《た》けていた。

「何日か前、うちじゃ、女房が友達に誘われて、新梅屋敷の花を見てきたっていうし、親方も婚礼用の小引きだしを納めに行った時、通りかかった駒込《こまごめ》うなぎ縄手《なわて》で梅が開いているのを見たって言ってます。ってえことは、市中の梅なら、どこが一番咲きでもおかしかないんじゃないかと――。江戸中の梅の花を全部、一番咲きってことにしませんか」

〝そうすりゃ、喧嘩になりようがない〟という言葉を勝二は呑み込んだ。

ちなみに新梅屋敷は向島《むこうじま》にあり、百花園とも呼ばれている。

「それはそうだわ」

相づちを打ったおき玖《く》は先代塩梅屋長次郎《ちょうじろう》の忘れ形見である。色はやや浅黒いものの、目鼻立ちのはっきりした勝ち気な印象の美人で、小町娘の一人として、錦絵《にしきえ》に描かれたこともあった。

「あと梅の名所となると、芝の茅野《かやの》天神様の境内、三子《さんこ》坂の宇米《うめ》茶《が》屋、麻布《あざぶ》竜土《りゅうど》組屋舗、少し遠いけど蒲田村、ってとこかしら」

おき玖も勝二の仲裁を助けた。

だが、効き目はそれほどではなく、二人はまだ硬直したままでいる。

すると、そこへ、

「今年もそろそろ、梅見弁当ですね」

三吉《さんきち》が口を挟んだ。家計を支えるためとはいえ、年端《としは》も行かない頃から、重い天秤《てんびん》棒を担いで納豆を売り歩いていた三吉に、季蔵は料理人の修業を勧め、今は下働きを務めている。

「梅見弁当か」

血の気がいくぶん戻った辰吉の顔が和《やわ》らいで、

「ここのは飛びっきりだ」

「もうすぐ、食べさせてもらえるんですね」

勝二がごくりと唾《つば》を呑み込む。

「楽しみにしてるよ」

何となくの仲直りとなり、ほっとした表情の喜平が立ちあがると、二人も後に続いて店を出て行った。

しばし客が途絶えていると、

「おいら、離れの納戸《なんど》へ行って、松花堂《しょうかどう》や提《さ》げ重《じゅう》、弁当箱を出してきます」

「気が利くじゃないか。頼むぞ」

季蔵は三吉に向かってにこっと笑った。

――三吉もすっかり、料理人らしくなってきた――

その三吉が勝手口を抜けて行くと、

「季蔵さんは梅と桜、どっちが好き？」

おき玖に訊《き》かれた。

「そうですね――」

「比べてみたことないでしょ」

「ええ、実は――」

「あたしも今まで無かったのよ」

「お嬢さんはどちらがお好きなのです？」

「好きな花と言われて、ぱっと思いつくのは桜なのだけれど」

「それではたぶん、桜の方がお好きなのでしょう」

「ところがそうじゃないことが、今、比べてみてわかったの。好きなのは桜が咲き誇る春の陽気だったのよ。明るいお陽様《ひ》が、いい頃合いに暖かくて、空がふわーっと霞《かす》んでて、もう、それだけで幸せ。顔が合うと、たとえ知らない者同士でも、思わず、微笑《ほほえ》み合いたくなるのが、桜の咲く頃じゃない？」

「たしかに桜の花の頃は、早春に芽吹いた草木が伸び、命を授かった生きものたちが育つ頃です」

「早春を告げるのは梅の花よ。梅の花の時季がなければ、満開の桜も見られない。そうよね」

季蔵は黙ってうなずいた。

「季蔵さんは梅の花の方が好きでしょう」

「桜の花は風や雨ですぐに散ってしまいますね。それに比べると梅の花は寒さのせいもあって、わりに長く咲き続けてくれます」

「香りだっていいわ。桜の花はほとんど香らないのに、梅の花ときたら――。そのうち、江戸中が梅の花のよい香りで満ちるわ」

「まさに、いの一番の春の香りですね」

「梅の花が咲いても、まだまだ寒さは続く。そうなると、梅の花と香りは、神様がわたしたちのことを想《おも》っての粋《いき》なはからい、〝もう少しの辛抱だよ〟っていう励ましなんじゃないかしら」

おき玖のいう通り、この時季、梅の花と香りの華やぎが、冬の間、寒々としたながめの中にいた江戸の人々の心に、どれだけ希望をもたらすかしれなかった。

――訊いてみたことはないが、瑠璃《るり》もきっと梅の花が好きだったろう――

季蔵はしばし、過ぎし日とかつての許嫁《いいなずけ》に思いを馳《は》せた。

季蔵の前身は武士である。堀田季之助《ほったとしのすけ》と名乗っていた季蔵が主家の鷲尾《わしお》家を出奔《しゅっぽん》、塩梅屋の先代と知り合って料理人として生きているのは、悪辣《あくらつ》な主家の嫡男が許嫁の瑠璃に横恋慕、側室の一人に加えるため、邪魔な季蔵に無実の罪を着せ、自害させようとしたからであった。

運命の巡り合わせで、料理人の季蔵は主家の父子の殺し合いに立ち会うこととなり、居合わせていた側室の身の瑠璃は、骨肉で血を流し合うというあまりの惨事に正気を失った。その後、瑠璃はこの場から救い出されたものの、季蔵さえ見分けることがままならぬ時もあり、二人の間は渡ることのできない深い河で隔てられて、今日《こんにち》に到《いた》っている。

――あの頃は花よりも、夏近くにたわわに実る梅の実の方が気になった――

季蔵は瑠璃の無邪気で明るい日溜《ひだ》まりのような笑顔を、なつかしく、切なく思い出していた。

――梅の実の時季には、近く嫁になると決まっていた瑠璃が、堀田の家に通ってきて、母上の手伝いをしていたものだ。母上と二人、揃《そろ》いの萌葱《もえぎ》色の襷《たすき》をかけ、もいだ梅の実を縁先に干していた様子が、昨日のことのように思い出されてならない。あの頃はどうということのないながめだと思っていたが、出奔して生家と絶縁した今では、母上が手作りする梅干しなど、もう、二度と口にすることはできぬだろう。だから、せめて、あの時のような笑顔を、何とか、瑠璃に取り戻させてやりたい。わたしが切《せつ》に願うことは、ただそれだけだ――

「そうなると、あたしも季蔵さんも好きな花は桜ではなく、梅ということになるのかしら」

二

おき玖のやや華やいだ声が背中に聞こえた。瑠璃への想いで翳《かげ》った表情を見せまいと、季蔵はおき玖に背を向けて、梅干しの樽《たる》を覗いていた。

塩梅屋の梅干しは紀州産の極上の梅を使う。すでに漬けられているものをもとめることもあったが、一年を通して自家製の梅干しを常備している。

梅干しは熱い飯に載せたり、握り飯や茶漬けに入れたりと、それだけでも菜になったが、塩梅屋特製の煎《い》り酒作《ざけ》りに欠かせなかった。

酒で梅干しを煮だして漉《こ》した汁が煎り酒である。足利《あしかが》将軍の時代から作られてきたこの伝統の調味料は、鯛《たい》や平目《ひらめ》などの白身魚の刺身にうってつけで、その他に、鰹《かつお》や昆布、味醂《みりん》を足すなどすると、各々《おのおの》、また格別の旨味《うまみ》が加わり、さまざまな料理の隠し味となる。

「梅の方が、料理に使うのに重宝ですから」

季蔵はおき玖の方に向き直った。

「花より団子ってわけね」

おき玖はくすっと笑った。

「すいません、開けてください」

三吉の声がした。

おき玖が勝手口を開けると、三吉が松花堂の弁当箱を重ね持っていた。飛騨《ひだ》春慶《しゅんけい》の塗り箱は、赤味がかった褐色の艶が美しい。

春慶塗りに凝った先代の置き土産《みやげ》であった。

「ひまな時に、手入れしとこうと思って」

三吉は弁当箱のかぶせ蓋《ぶた》を取りはじめた。

正方形の器の中は田の字型に仕切られていて、向付《むこうづけ》と刺身、炊き合わせ、飯等が盛りつけられる。

「一度、聞きてえ、聞きてえと思ってたんですけど」

三吉は季蔵の方を見た。

「この塗り箱の名は松花堂だってことは知ってる。ここへ料理を盛りつけると松花堂弁当になる。松花堂、松花堂ってうるさいくらいだけど、どうして、この名が付いたんです？」

季蔵は長次郎が書き遺《のこ》した日記を読んで知っていたが、

「お嬢さんなら、とっつあんから、直《じか》に聞いていなさるでしょう」

おき玖に答えを譲った。

「それはもう——。弁当箱は春慶塗りじゃなきゃ駄目だって、子どもの頃から耳にタコができるほど聞かされたわ。松花堂は松花堂昭乗《しょうじょう》って人の名なんだそうよ。この人は茶人で、江戸の町が出来てからそう時が経《た》っていない頃の人。煙草《タバコ》盆や絵の具入れに使う四つ割りの四方《よほう》盆や、お百姓が薬入れにも使う種箱があるでしょう。そんなのに風情《ふぜい》を感じて、際《きわ》立《だ》って面白く見えたんでしょうね、とうとう、これに茶事のもてなし料理を盛ることを思いついてしまった。これが松花堂の始まりだって、おとっつあんは言ってた」

「へーえ、てえした謂《い》われなんですね」

三吉はまじまじと田の字型の仕切りを見つめて、

「こりゃあ、気を引き締めてかからなきゃ」

重ねかけたかぶせ蓋をずらして置くと、

「それとも一つ――」

「いいわよ、あたしで答えられることなら、何でも話すから」

「離れにある、三段重提げ弁当箱のことなんだけど」

「足付きの銘々皿が付いているでしょ。あれは能代《のしろ》春慶と言って、黄色味の勝った褐色のはずよ。飛騨春慶とはまた違った趣《おもむき》があるんだそうよ。あれを買って帰った時のおとっつあんのうれしそうな顔、今でも忘れないわ」

「いったい、いつ、あれを使うのかと思って。菜の届け物にも、おせちにも使わないし、どうしてかなって気になってた」

三吉の言葉に、

「あたしにそう言われても――」

おき玖は季蔵を見て、

「あれについて、おとっつぁん、何か、書き遺してたのかしら？」

「ええ、実は――」

季蔵は頷《うなず》いた。

「能代春慶、三段重提げ弁当、梅見鰤《ぶり》、ひとり膳と書いてありました」

「梅見弁当に鰤の焼き物を入れるのは、おとっつぁんの十八番《おはこ》よ」

梅の花が咲く頃、鰤は脂が乗って最も美味だと言われていて、今も塩梅屋の梅見弁当は長次郎流を踏襲している。

「おとっつあんは、三段重の能代春慶を使う時は、梅の時季の鰤を入れて、ひとり膳にして、振る舞うようにって書き遺してるのね。それで、季蔵さん、あの能代春慶の三段重を使わず終《じま》いなのね」

おき玖は念を押し、

「とっつあんの遺したものには、必ず、相応の意味があると思っていますから」

季蔵は応《こた》えた。

「けど、三段重がひとり膳だなんて、おかしいよ。銘々皿だって付いてるんだし。飛騨春慶、梅見鰤、ひとり膳の間違いだったらわかる。飛騨春慶塗りに盛りつけた松花堂弁当は、ひとり膳だから」

語気を強めた三吉を、

「思いつきで勝手なことを言うな」

ぴしりと季蔵は叱《しか》りつけた。

しかし、想像とはいえ、三吉の指摘は至極もっともだった。

「おとっつあんの日記だって、全部が全部、意味のあることを書き遺したとは思えない。うっかり、書き間違えることだってーー。だから、季蔵さん、拘《こだわ》らずに三段重を使ってちょうだい」

おき玖が三吉を庇《かば》ったので、

「それではそのうちに」

季蔵は穏やかに応じたが、その目に妥協の色は見られなかった。

ーーやはり、季蔵さんはおとっつあんの言葉の真意を知るまで、あの能代春慶の三段重を使う気はないのだわーー
一方、この程度の叱責《しっせき》では、しょげたりしない三吉は、

「聞きたいことがもう一つ、あるんだけど」

今度は季蔵の方を向いた。

「まだ、あるのか」

「どうして、梅見弁当だけなのかな。他の店じゃ、筍《たけのこ》弁当、桜の時季の花見弁当、紅葉弁当なんぞ、いろいろあるのに、うちは梅見と雛祭りの鮨弁当だけ。どうしてなのか、おいら、ちんぷんかんぷんーー」

三吉はしきりに首をかしげた。

すると、おき玖が突然、笑い出した。

「どうしてなのかは、あたしだってわからない。冥途のおとっつあんに訊きたいわよ。ただ、おとっつあん、突然、梅見弁当を品書きの時季物に入れるって言い出したの」

「その時、飛騨と能代の春慶、松花堂と三段重をもとめられたのですね」

季蔵の念押しに、

「どっちが先だったかまでは、もう、覚えてないけれど。そうそう、おとっつあん、春慶塗だけじゃなく、一時、鰤の話も好きだったわ」

「とっつあんが鰤の話を？」

季蔵は思わず身を乗りだした。

「珍しいですね」

季蔵は生前の長次郎から、鰤を使った料理を教えられたことがなかった。回遊魚である鰤は夏に南から北へ向かい、晩秋の頃、北から転じて南下する。

「上方《かみがた》や飛騨の正月に、越中《えっちゅう》沖や丹後《たんご》海の鰤は欠かせないと聞きます。江戸や近隣の新年は塩鮭《しおざけ》が膳に並ぶことが多いですから」

「おいら、一昨年《おととし》の今時分、ここではじめて鰤ってもんを食わせてもらった。舌が蕩《とろ》けそうに美味《うま》かった。あんなに美味《うめ》えのに、江戸前の魚じゃねえから、あんまし食えねえんだよな」

江戸は回遊する鰤の群れとは無縁で、相模《さがみ》で揚がる鰤が江戸に運ばれて売られていた。しかし、数は越中や丹後の水揚げ量とは比べものにならない。

「おとっつあん、一度でいいから、〝鰤起こし〟に遭ってみたいって言ってたっけ」

「〝鰤起こし〟？」

季蔵と三吉は同時に洩《も》らした。

「神無月も終わりの頃になると、富山沖では決まってもの凄い雷が鳴って、その後、ほどなく、海の色が白く変わる。鰤の大群が押し寄せるんですって」

「とっつあんは越中富山によほど、親しくしている人が居たのでは？」

季蔵はふと、この話と、能代春慶、梅見鰤、ひとり膳と関わっているのではないかと思った。

「本郷にある砺波屋《となみや》さんに頼まれて、鰤尽くしの出張料理に行ったことがあったから、その時、聞かされた話じゃないかしら」

薬種《やくしゅ》問屋の砺波屋は越中高岡出身の商人で、屋号の名を故郷にある湯治場にちなんでいた。

三

「とっつあんが、鰤尽くしを受けたことがあったとは知りませんでした」

季蔵は意外に思った。

──たいていの料理は、日記に書き留めておいてあるはずなのに──

「砺波屋さんに鰤尽くしで呼ばれた後、おとっつあん、珍しく荒れてね。ろくに口をきいてくれない日が続いてさみしかったわ。あたしがまだ子どもだっていうのによ。その因《もと》はあたしにあるんだけど──。おとっつあんは出張料理を後になって、店のお客さんたちに振る舞うのが常だったでしょう。あたし、颯爽《さっそう》と新しい料理を拵《こしら》えるおとっつあんが自慢だったの。それで、この時もそれをするんだとばかり思って、お客さんたちに、鰤尽くしの話をしたのよ。鰤は、脂があるのに上品で美味《おい》しいってことは、お客さんたち知ってたから、それじゃあ、ここは一つ、皆で金子《きんす》を出し合って、相模から格別の鰤を取り寄せて贈ろう、おとっつあんをあっと言わそうってことになったの。楽しい隠し事よね。皆さん、おとっつあんの鰤尽くしをわくわくしながら待っていたのよ。幼かったあたしは黙っていられずに、つい、口を滑らしたの。すると、おとっつあん、頭から湯気を出して怒ったわ。余計なことを言うんじゃないって」

「先代に嫌われたその鰤は、どうなったんですか？」

三吉はごくっと唾を呑み込んだ。

「おとっつあんはこれ以上は望めないほどの笑顔で、お客さんからの鰤を押しいただいたわ。そして、おおきな鰤を俎板《まないた》に載せて、包丁を使いはじめたんだけど、仇でも睨みつけるような厳しい顔をしてた」

「結局、とっつあんは鰤尽くしをお客様たちに振る舞ったのですね」

「ところがそうじゃないの。ちょうど今時分の陽気で、おとっつあんは梅見弁当で皆さんをもてなしたの。そういえば、これがうちの梅見弁当の始まりなのよね」

おき玖は感慨深そうに呟《つぶや》いた。

「たしかにうちの梅見弁当に鰤は入ってるけど、三枚に下ろした照り焼き一切れだけだ。これじゃ、鰤尽くしとは言えないよ」

「そのことはおとっつあんも申しわけながってた」

「その後、鰤尽くしの話は？」

季蔵はそれが気になっている。

「翌年、年明けに砺波屋の大番頭《おおばんとう》さんがここへ来て、今年もよろしくと頼んできたのよ」

「先方はとっつあんの鰤尽くしに満足しておられたんでしょう？」

「ええ、もう、それはそれは。これは主人からの言葉だと言って、大番頭さんが、口を極《きわ》めて褒めてくれたわ。江戸でこれだけの鰤料理は食べられないだろうって。でも、おとっつあんは、断ってしまったの」

——大事なお客様にここまで乞《こ》われて、すげなく断るとは、とっつあんらしくないな——

季蔵は心の中で首をかしげ、

「先代って、とことん、怖くて気むずかしい人だったんだな」

三吉は長次郎がそこに立ってでもいるかのように、壁に映っている影を見つめてびくっと肩を震わせた。

おき玖は話を続けた。

「砺波屋さんの鰤尽くしの後、おとっつあんは、あんなに好きだった鰤の話をしなくなったし、料理に使うのは年に一度、梅見弁当の時だけになったの」

――三吉が品書きに、梅見弁当の時季物があるのを不思議がっている。これは、たぶん、とっつあんの鰤への想いと関わってのことなのだろう――

季蔵は今年の梅見弁当の献立を決めて、紙に書いた。

飯　梅ご飯
向付け　つくしの三杯酢とからし和《あ》え
焼き物　鰤の照り焼き
炊き合わせ　たんぽぽの葉のお浸《ひた》しと佃煮《つくだに》
梅羊羹《ようかん》

「素材は梅と鰤と春の野草に拘るのね。梅羊羹まで付けるのは豪華だわ」

「塩梅屋の梅見弁当の謂われをお聞きしたものですから。とっつあんにとって、梅と鰤とは切っても切れない縁だったのだと思いまして――」

「たしかに、梅見弁当を思いつかなかったら、おとっつあん、頂いた鰤を持て余したでしようね。梅の花に助けられたも同然だわ」

「梅羊羹はおいらにやらせてください」

このところ、三吉は菓子作りに自信を深めていた。昔話に出てくる、桃太郎や猿、雉《きじ》、犬などを、練り切りの生地で作り上げる手伝いをして以来のことであった。それと、菓子作りだと味見の楽しみが倍増する。

「それじゃ、任せるからやってみろ」

三吉の精一杯、頑張ろうとしている様子が何とも微笑ましかった。

季蔵は離れから長次郎の日記を持って戻ると、開いて紙に書き写し、三吉に渡した。

梅羊羹
寒天、水、和三盆《わさんぼん》、白こし餡《あん》、水飴《みずあめ》、梅干しの裏漉《うらご》し、食紅少々

「これだけ?」

三吉の顔が曇った。

「どうした? これで作れないのか」

「だって、使うものしか書いてないもの。前に聞きに行った嘉月屋《かげつや》さんでは、旦那様がとっても丁寧に作り方を教えてくれたよ」

柳橋の嘉月屋は繁盛している菓子屋で、季蔵と主の嘉助《かすけ》は風呂屋で知り合ったのが縁で

親しくしている。

「いつまでも、そんな風では駄目だ。さあ、落ち着いて、これをじっくり見ろ」

言われた通り、三吉は紙に目を据えた。

「このうち、店に買い置き、作り置きのあるものは？」

「水飴と和三盆、梅干し、食紅」

「梅羊羹は二十棹《さお》作る。相当の量がいる。確かめてみろ」

「へい」

三吉は屈《かが》み込んで瓶《かめ》の蓋を開けて行く。

「去年仕込んだ梅干しと水飴はたっぷりあるけど、和三盆と食紅は足りそうもねえ」

菓子屋ではない塩梅屋が、値の張る和三盆を多量に買い置きすることはなかった。食紅についても同様であったが、食紅の入った紙包みを開いた季蔵は、

「食紅は梅色を引き立たせるだけに使うのだから、これだけあれば充分足りる。和三盆は仕入れなければならないな。七斤《きん》（約四・二キログラム）ほど要《い》る」

筆を手にした三吉は和三盆、七斤と紙に書き付けた。

「寒天も無い」

三吉の筆は〝寒天〟と書き添えた。

「羊羹一棹につき、角寒天半分だから、十ケでいい」

「白こし餡なら任せてください」

急に三吉の顔が活《い》き活《い》きと輝き出した。

昔話をなぞらえたおとぎ菓子に欠かせない練り切りは、生地にたっぷりの白こし餡が使われている。

「白隠元豆《いんげんまめ》も買ってきます」

「白隠元ならいただきものがあったんじゃないか?」

季蔵は水飴の瓶の奥を指差した。干しうどんや小麦粉がしまわれている木箱が積まれている。

「そうでしたっけ?」

三吉は次々に木箱を開け、

「あった、あった。思い出した。三月《みつき》ほど前、上州《じょうしゅう》から来た豆問屋の御隠居さんが、今年は白隠元の出来がいいからって、どっさり、土産に置いてってくれた――。おいら、一膳飯屋は菓子屋じゃねえから、白隠元は使い途《みち》がねえだろうと思って、ここへしまいこんで、すっかり、忘れちまってた。けど、季蔵さんは覚えてたんだね。それで、どっさり白こし餡を使う梅羊羹を思いついたんだね。やっぱり、すげえなあ」

三吉はすっかり感心している。

「干した豆にも食べ頃がある。せっかくの頂き物を無駄にしては申しわけない」

「それじゃ、おいらは買いだしに行く前に、豆を水に浸《つ》けなきゃ」

そう言って木箱を持ち上げた三吉に、

「きっと美味《うま》い梅羊羹ができるだろう」

季蔵は微笑みかけた。

四

翌日、三吉は水をたっぷりと吸った白隠元豆で白こし餡を作りはじめた。

「まずはこれですよね」

頷いた季蔵は、長次郎の日記からの写しを見せて、

「後はここに書いてある素材の順番を守って仕上げて行けばいいのだが、梅干しは前もって、裏漉ししておいた方がいいだろう。水で戻した寒天をよく搾り、分量の水を入れた鍋に加え火にかけ、寒天が溶けたら和三盆を入れ、煮溶かして裏漉しする。これをまた鍋に戻して、冷ましておいた白こし餡を少しずつ混ぜていく。さらにゆっくりと煮詰め、仕上げに水飴と裏漉しした梅干し、食紅で香りと色をつけるんだ。流し箱に入れて固めれば梅羊羹になる」

二階から下りてきて二人の話を聞いていたおき玖は、

「流し箱で固めて切ると長四角にしかならないわね」

少々、つまらなそうに呟いた。

「いけませんか」

季蔵は戸惑った。

「せっかくの梅羊羹だもの、梅型で抜いたら、さぞや綺麗《きれい》だと思って。でも、綺麗な梅羊羹は菓子屋に幾らでもあるから、うちのはこれでいいのかも――」

「おいらも梅型がいいと思う。せっかくの梅羊羹なんだから、姿も梅でなきゃ」

三吉もきっぱりと言い切った。

「じゃあ、梅型で抜いてみましょうか」

季蔵はおき玖に言った。

「わーい」

そのとたん、三吉が歓声を上げた。

「梅型で抜けば羊羹の切れ端が出る。これで梅羊羹をどっさり食える」

「何だ、おまえの魂胆はそれだったのか」

苦笑いした季蔵は、まだまだ三吉は子どもだと思った。

梅羊羹は三吉に任せて、季蔵は新石《しんこく》町にある薬種問屋良効堂《りょうこうどう》を訪ねることにした。梅見弁当に使う、春の野草を調達しなければならない。

「良効堂さんまで、つくしとたんぽぽを摘《つ》ませてもらいに行ってきます」

老舗《しにせ》の薬種問屋良効堂には広大な薬草園が隣接している。長次郎はしばしばここへ通って、さまざまな野草を摘ませてもらう代わりに、注文に応じて料理の腕を奮っていた。そのつながりで季蔵も出入りを許されていた。

「珍しくもないつくしとたんぽぽをわざわざ、良効堂さんまで？」

おき玖は知らずと眉《まゆ》を寄せていた。

「この近くの草地に幾らでも生えているでしょうに――」

「良効堂のご主人から、長崎の商人から買い求めたマンネンロウ（ローズマリー）を、是非、見てほしいと言われているのです。何でも、出島の阿蘭陀《オランダ》人は日々、料理に使うそうです」

「実は、一度、聞こう聞こうと思っていて聞きそびれていることがあるの」

おき玖は季蔵の顔に目を据えた。おき玖はやや青ざめて表情が硬い。

「何でしょうか」

季蔵は平静に見える。

「季蔵さん、時々、仕込中、いなくなることがあるでしょう？」

季蔵が長次郎から受け継いだのは料理人の仕事だけではなかった。

北町奉行烏谷椋十郎《からすだにりょうじゅうろう》の下《もと》で働く隠れ者だったのである。季蔵の腋《わき》の下に冷たい汗が流れた。

「差し出がましいようだけど」

一度言葉を切った。

「大切な瑠璃さんを泣かせるようなことだけはしないでね。それと、マンネンロウとやらについての話、あたしにも聞かせて。きっとよ」

――よかった。瑠璃を案じての忠告だった――

「わかりました」

季蔵を見送ったおき玖は、

――嫌《いや》だ、あたしったら、瑠璃さんにかこつけて妬《や》いたりして――。今のあたしの目、焼き餅《もち》でぎらぎらしてるんじゃないかしら――

おき玖の季蔵への報《むく》われぬ想いは出会った当初からであった。


良効堂の店先で摘み菜をさせてほしいと訪《おとな》いを告げた季蔵は、薬草園へと案内された。つくしとたんぽぽが籠《かご》いっぱいになった頃合いを見計らってであろう、

「季蔵さん、お久しぶりです」

主の佐《さ》右《え》衛門《もん》が声を掛けてきた。

一見、商人というよりも学者風の佐右衛門は、良効堂の十代目で、博識で温和な人柄が知られていた。効き目のよい薬の開発と、初代からの遺産である薬草園の維持に使命感を傾けている。

「やっと、ここの草木たちもあの火事から立ち直りました」

良効堂は以前、付け火をされ、風向きのせいで薬草園に相当の被害が及んでいた。

「春になって、草木が萌《も》え出《い》でてくると、何やら、心が励まされるのを感じます。ことに、ここに芽吹いている草木はあんなことの後なのですから、ことさら、逞《たくま》しく感じられてなりません。それで、草木の力にすがってみたくなり、ついつい、こうして伺ってしまうの

です。今日も沢山、草木の力をいただきました。ありがとうございました」

立ち上がった季蔵は深々と頭《こうべ》を垂《た》れた。

「マンネンロウをお見せいただけるのでしたね」

「是非に」

佐右衛門は先に立って歩き始めた。

マンネンロウと思われる葉の形が棘《とげ》のように見える低木は、菜の花畑の隣りに植えられていた。

「これが当家へ届けられたのは年明けてすぐでした。その時も今と同じように葉を落としていなかったので、どうやら、これは一年を通して葉をつけ続けるもののようです。ただし、寒さには弱いようで、二十本届いたうちの半分は雪が禍して枯れてしまいました。あわてて、鉢に移して、軒下に置いた残りが、今もこうして元気に育っています」

「一枝いただきます」

季蔵はマンネンロウを折ると、鼻を近づけた。

「これは料理の香りづけに使うのでしょうね」

「なるほど。出島で飼われているアヒルなぞの鳥や豚、牛と一緒に食べるとは聞いてはおります。つまもののように添えるのかなと」

つまものとは刺身や焼き物、吸い物などに添える野菜のことである。

佐右衛門の言葉に頷きながら、

す。

「添えても風情があるでしょうが――」

季蔵はマンネンロウの棘の葉を二枚、三枚、指でそっと押してみた。葉から液がしみ出す。

「匂《にお》いの元はこれですね」

「樟脳《しょうのう》の匂いに似ています」

樟脳とはクスノキから作る防虫剤である。

「異人は樟脳みたいなものを、よく料理に使えますね。つくづくわからない相手です」

佐右衛門はうーんと首をかしげた。

「アヒルや鶏、牛、豚の料理には合うのだと思います」

以前、季蔵は長崎帰りの食通と関わって、豚肉の塊をいぶして保存、薄切りにしてわりに長く楽しめる、火腿《ハム》と呼ばれている料理を試したことがあった。火腿に使う香草について聞いた話がふと、思い出されて、

「火腿に使うローゼマラインという草も、樟脳に似た匂いがするそうです」

「同じものです。〝ローゼマライン〟というのは阿蘭陀人の言い方で、長崎の商人たちはマンネンロウと呼んでいます」

「なるほど」

「実は薬喰《くすりぐ》いをなさる、あるお客様方から、身体《からだ》にいいと医者に勧められて食べる、牛や豚、猪《いのしし》、兎《うさぎ》、鹿などの百獣肉《ももんじ》が、何とも臭くてたまらない。何とか、もう少し、美味しく

食べられるよう、調味できないものかとご相談を受けているのです。是非、叶えてさしあげたいものだと思っています。お力添えいただけませんか」

「わかりました。マンネンロウを使って薬喰いの料理を考えてみます。今、しばらくお待ちください」

約束して季蔵が立ち去ろうとすると、

「妹のお琴《こと》は、この春、生まれた男の子ともども元気にしております。婚家の皆様もたいそう喜んでくださって、皆様、ご健勝で何よりです」

佐右衛門は妹の婚家の様子を、不自然な敬語使いで語りかけてきた。

お琴は季蔵の母世志江《よしえ》が、跡継ぎとなった次男成之助《しげのすけ》のために見込んだ嫁で、婚家というのは季蔵の生家であった。

――この人はすでに、わたしと妹婿の間柄を知っている。成之助は、自分たちが兄弟であることを誰にも、たとえ血のつながった兄であっても洩らすなと、琴殿に厳命したと言っていた。だが、とかく、仲のいい兄妹の間に秘密は保たれぬものだ――

「そうでしたか。それは何よりでした」

応えた季蔵は、

――おかげで、堀田の家に跡継ぎが出来たことを報《し》らせてもらえた――

「これで兄であるご主人もさぞかし、ご安心でしょう」

「それはもう――。武家に嫁いだ妹のことで案じられるのは、立派に男子を挙げて、お役目を果たさせる、そればかりで――」

微笑んだ佐右衛門は、季蔵の顔を凝視しようとはせずに、さりげなく、うつむいて目を逸らせた。

五

良効堂からの帰路、

――そうか、成之助は父親になった。めでたく堀田家に跡継ぎが出来たのだな――

季蔵はしばし感慨に耽《ふけ》った。

――父上も母上も安堵《あんど》されて、赤子が日々の心の糧《かて》となることだろう――

主家から追っ手がかかるようなことのないよう、生家では出奔した季蔵を死去したとして届け出ていた。

雪見舟から姿を消した瑠璃も同様に死んだものとされている。

季蔵は母が瑠璃に託そうとして叶わず、成之助を通じて自分に渡してきた、生き形見の黄翡翠数珠《きひすいじゅず》を思い出していた。

――本来、あれは瑠璃が肌身離さずに持ち続け、わたしと一緒に堀田の家を守るためのものだった――

自分より早く、妻との間に子をなした弟を羨《うらや》む気持ちはなかったが、しばし、季蔵は楽しい夢に浸りたかった。

ふと、季蔵は足を止めた。日溜まりの暖かい摘み菜日和《びより》である。眩《まばゆ》い陽の光の中で、よちよち歩きから五、六歳ほどの男女の子どもたちが、唐人飴売りに群がっていた。阿蘭陀風の帽子と衣装をつけた飴売りは、仕掛けのある清国《しんこく》の装束の人形に、荷箱の上で唐人笛（チャルメラ）を吹かせて注目を集めつつ、子どもたちに飴を売っていた。もちろん、唄も踊りも阿蘭陀や清国とは縁もゆかりもない出鱈目《でたらめ》である。

「おいら、でかいぶっかき飴」

「あたしは棒飴、赤いのにして」

子どもたちが去った後、知らずと季蔵は飴屋に近寄っていた。

「カステーラ、チャルメーラ、また、カステーラ、飴はぶっかきと棒飴だけ」

上背のある唐人飴売りは、精一杯身体を縮こめて機嫌を取った。

「男の子はぶっかき、女の子は赤い棒飴」

なぜか、季蔵は目を閉じたかった。瞼《まぶた》の中には、まだ、さっきの子どもたちの姿が見えている。

目を開けても、まだ、その声は小鳥の囀《さえず》りのように耳に残っている。

でかいぶっかき飴、棒飴、赤いのにして――。

危うく、どちらももらうと言いかけて、

――わたしは、いったい、何をしているのだ――

季蔵は日陰へと開けた目を転じた。

黒々とした闇《やみ》が広がっている。もとより、子どもの声は聞こえず、そこには何も無い。

「悪いが、またにする」

背を向けた季蔵の耳に、

「男の子はぶっかき、女の子は赤棒」

唐人飴売りの自棄《やけ》のような怒鳴り声が聞こえた。


翌日は三吉の梅羊羹も出来上がって、いよいよ、梅見弁当が作られる。

季蔵は向付けのつくしの三杯酢とからし和えを作りはじめた。

「ふーん、つくしの料理が二種ってわけなのね」

おき玖はまだ、マンネンロウの話を聞いていない。

つくしははかまを取って、切り揃え、熱湯をかける。酢、醬油《しょうゆ》、味醂を同量合わせた三杯酢をかけるのが一種。

箸《はし》を伸ばしたおき玖は、

「さっぱりしてて、ほろっと苦いところが大人の味ね。お酒に合いそう」

「おいらはいいや」

顔をしかめた三吉は、まだ苦味の醍醐味《だいごみ》がわかっていない。

二種目のからし和えは、熱湯で下ごしらえしたつくしを、練り胡麻《ごま》とすり下ろした山葵《わさび》で和える。

「ほろ苦さと胡麻の風味、山葵の辛さがぴたっと決まってるわ」

おき玖はさらに感心した。

たんぽぽの葉のお浸しは、葉をゆがいて、アク抜きをしたものに、炒《い》りたての胡麻をすって、醤油と煮切り酒で調味する。

佃煮となると、葉を油で炒めた後、炒り炊きにする。

たんぽぽの佃煮を一口含んだおき玖は、

「あら、なつかしい」

一瞬、目をしばたたかせた。

「これ、おとっつあん、あたしの小さい時から、春になると、必ず作ってくれてたものだわ。お客さんにはお出ししていなかったけど、日々の賄《まかな》いには必ず――」

「そうでした」

季蔵も同様になつかしかった。

「後は梅ご飯と鰤の照り焼きね」

「梅ご飯はお嬢さんにお願いします」

「はい、はい」

おき玖は飯炊きの名人であった。

「たんぽぽの佃煮が付くから、梅ご飯はやや薄い味付けがいいわね」

梅ご飯は白米を普通に水加減した釜に、梅干しだけを入れて炊きあげ、炒った白胡麻と細く刻んだ大葉をのせて、食べる。

梅ご飯が炊きあがるとまもなく、

「兄貴、いるだろうな」

船頭の豪助《ごうすけ》が入ってきた。

豪助が季蔵を兄貴と呼ぶのはそれだけ、つきあいが長いからであった。出奔した季蔵を舟に乗せたのが豪助であった。

――豪助には危ない橋を渡らせてしまったことがある。鷲尾父子の殺し合いの時も、豪助は雪見舟の船頭を務め、わたしを助けてそばにいてくれた。一歩間違えば、わたしと共に命を落としていたところだった。いや、不肖《ふしょう》の息子の影守《かげもり》が父親の影親《かげちか》様を討って、永らえていれば、かならず、われらはあの場で口封じに殺されていたことだろう――

小柄ながら敏捷《びんしょう》で、浅黒く整った顔立ちの豪助は、役者には無い独特の魅力があり、道行く女たちを振り向かせることが多い。

だが、当人は茶屋通いに取り憑《つ》かれていて、水茶屋の法外な茶や菓子のために、船頭の他に毎朝、蜆《しじみ》や浅蜊《あさり》を売り歩いている。流行《はや》っている水茶屋では、この世の者とは思えない、楚々《そそ》とした美形の看板娘たちが、男たちに押すな、押すなの行列を作らせていた。

「豪助さんもそろそろ身を固めればいいのに」

おき玖の口癖だったが、当の豪助はおき玖に仄《ほの》かな想いを抱き続けていた。

「豪助さんときたら、毎朝、ここへ寄るんだもの。悪いから、なるべく、蜆や浅蜊を買うようにしてるけど、時々は葱《ねぎ》や若布《わかめ》の味噌汁《みそしる》が飲みたくて、買うのを断ることもあるのよね。寄ってくれるのは三日に一度くらいでいいのに――」

おき玖の方はまるで気がついていなかった。

この言葉を聞いた時、季蔵は、

――もしかして――

豪助の気持ちを察したが、

――お嬢さんはまだ、あのことを引き摺《ず》っているかもしれないし――

おき玖が巡り会った幼馴染《おさななじ》みと先を約束して後、死別してから、まだ、そう時は過ぎていなかった。

――豪助には借りがある。いつか、返したいと思っていたが、恋路の節介にしくじりは許されない。しばらく、気づかぬふりをしていよう――

それでこの時も、

「うちにも毎朝来るので、来ないとどうかしたのではないかと、つい、案じてしまいます」

季蔵はさりげなく返した。

「よいしょっと」

豪助は昨日の朝、季蔵が頼んだ鰤を手にしていた。

豪助は漁師たちと懇意で、たいていの魚は極上のものを調達してくれる。

「どうだい。相模で獲《と》れた今年一番のでかい鰤だってよ」

豪助は大きな目をおき玖に向けて、自慢げに言い放《はな》った。鰤は三尺（約九十センチ）近くある。

六

「それにしても、いい匂いだな」

豪助の腹がぐうと鳴った。

「いけねえ、腹が鳴ってきた。そろそろ八ツ（午後二時頃）だ」

豪助はわざとらしく鳩尾《みぞおち》のあたりを押さえた。

「もうすぐ蒸らし終わるから、お八ツ代わりに食べてらっしゃいな」

「ありがてえ」

豪助はにんまりした。

おき玖が杓文字《しゃもじ》を手にして、釜の蓋を開けると、米と梅の香が渾然《こんぜん》一体となった、食欲をそそる芳《かぐわ》しさである。

「美味《うめ》えなあ」

豪助はしみじみと言った。

「おき玖ちゃんの梅ご飯は特上品だ」

「今日のは、たんぽぽの佃煮なんぞの、濃いめの菜に合わせる梅見弁当用だから、ちょいと、味を薄めにしたのよ。だから、梅干しの数はいつもより減らしたのよ」

「たしかにそうだね」

三吉が頷いた。手軽に出来る梅ご飯は、一年を通して、塩梅屋の昼餉によく炊かれる。

夏場の梅ご飯には他の時季よりも数多く梅干しを使う。

「あんまり美味《うま》いんで、おいら、家でおっとうやおっかあに作ってやったんだけど、ここのほど美味《おい》しくなかった。どうしてかな。お嬢さん、とぎ汁にこっそり昆布出汁《だし》でも混ぜてるのかなって――」

「まさか――」

おき玖は笑い飛ばした。

「そりゃあ、決まってるさ。おき玖ちゃんの心が籠《こ》もってるからだよ」

豪助はおき玖を見つめた。

この時、おき玖の表情があっと驚くのを季蔵は見逃さなかった。

――よかった。やっと、豪助の気持ちが伝わった――

しかし、

――まあ、そんなこと――

おき玖は困惑している。

――まさか、あたしの思い違いよね――

おき玖はおどけた笑いを作りかけたが、豪助の目はおき玖を見つめたままでいる。

豪助と目を合わせているのが苦しくなったおき玖は季蔵の方を見た。

——そういうことだったんですよ——

季蔵の目が温かくぬるんだ。

——突然、そんな風なことになっても——

おき玖はとうとう、うつむいてしまった。

「おいらだって、おっとうやおっかあを喜ばせたくて、一生懸命、作ったんだよ」

この場を読めていない三吉は唇を尖《とが》らせた。その三吉の鼻面《はなづら》に、

「生言《なま》ってねえで、早く、お代わり」

叱りつけるように大声を上げた豪助は、いつもはおき玖に差し出す飯茶碗を、勢いよく三吉に差し出した。

豪助が帰った後、季蔵は早速、鰤の下ろしに取りかかった。

三吉は水の入った大盥《だらい》を運んできた。

普段なら、季蔵の包丁捌《さば》きを見ているおき玖だったが、

「ちょっと、あたし、片付けものがあるから」

上気した顔で二階へ上がって行ってしまった。

「お嬢さん、顔が赤かった。そういえば、帰る時の豪助さんも、酒も呑んでねえのに真っ赤っ赤。どうしたんでしょう？　二人して、風邪でも引いたんですかね」

案じる三吉に、

「とかく、春の初めは疲れやすいというから。そんなことより、しっかり手伝え」

季蔵は気合いをかけた。

「へい。鰤だって魚には違《ちげ》えねえから、次は鱗《うろこ》を落とすんでしたよね」

季蔵が黙って頷くと、三吉が俎板の上の鰤の鱗を落としていった。

「鱗を落としたら、とにかく、俎板と魚をよく洗う、これも他のと同じで——」

「そうだ」

三吉は大盥の水を使って、俎板と鰤に残っていた鱗を洗い流した。この後、井戸端《いどばた》へ大盥を運んで、水を汲《く》み替えてきた。

「いよいよだ」

手前に置いた鰤の顎《あご》の付け根を切り、腹に切り込みを入れようとして、三吉の顔が青ざめた。

「神様、仏様——」

三吉はまず手を合わせた。魚の内臓や沁《し》み出す血が苦手なのであった。

見ている季蔵は無言である。

包丁で鰤の腹を開いた三吉の額から、どっと冷や汗が流れ落ちる。

季蔵なら包丁を使って、内臓を掻《か》き出す。だが、これは三吉にはまだ、むずかしく、刃先を動かすたびに、大嫌いな血が沁みだし、俎板が血まみれになるだけで埒《らち》があかなかった。

三吉は近くに小鍋を引き寄せて、包丁を置くと、

「えいっ、やーっ」

掛け声と同時に両手を鰤の腹の奥深くへと埋めた。

「神様、仏様——、神様、仏様——」

繰り返しつつ、摑《つか》み取った内臓を用意した小鍋へと移していった。苦肉の策とはいえ、意外な手早さである。どんな方法であれ、ここは短時間に済ませるに限る。

終わると、三吉は大盥から水を柄杓《ひしゃく》で汲んで、まず、自分の手を洗った。その後、丹念に鰤に水をかけて、内臓の抜けた腹の中を丁寧に洗った。

襷をかけたおき玖が階段を下りてきた。

「ごめんなさい。鰤の下ろしは頭を落とすのが大変だったわね。あたしも何か手伝うわ」

「それでは、三吉の手伝いをしてやってください」

「え?、おいらが鰤の頭を落とすの?」

三吉は怖《お》じ気《け》づいた。

「おいらの仕事はここまでで、去年も、ここからは季蔵さんがやった」

「去年と同じじゃ、進みがないだろう。今年はもう一歩進んでみろ」

「わかりました」

三吉は鰤の腹を手前に、頭を左に置いた。

「いい?」

おき玖は胸ビレを持ち上げた。

「たしか、この下に包丁を入れるんだったよね」

三吉は恐る恐る包丁を刺し入れた。

「入らない」

「斜めに入れるのよ」

二度、三度、三吉は試した。

「入らないよ」

泣きべそをかきかけて、

「おいらにはこんなむずかしいこと、まだ、無理なんだ」

「大丈夫よ。みんなはじめは入らないんだから。ほら、頑張って、力をこめて深くまで入れてごらん」

「さっきの掛け声を思い出せ」

おき玖と季蔵に励まされた三吉の包丁に力が籠もった。

「えいっ、やーっ」

三吉は大声をあげた。

「入った、入った」

「次は反対側よ」

おき玖は鰤の背中を手前に、俎板に置き直させると、

「さあ、もう一度。えいっ、やーっをやって」

「うん」

再び掛け声がかかって、三吉の包丁が胸ビレの奥に沈むと、鰤は頭と身、綺麗に二つに分かれていた。

「鰤の頭は後で出るアラと一緒に、大根と炊くと美味しい。楽しみだわ」

おき玖は近くにあった皿に取り置いた。

頭を落とすのは力勝負で三吉でも出来たが、ここから先はどうしても、季蔵の出番であった。鰤に限らず魚の三枚下ろしは、中骨に沿って包丁を入れていく。これは如何《いか》に中骨に身を残さず、下ろし取るかにかかっている。下ろし手の力量が問われる難所である。

季蔵は鮮やかな包丁使いで、腹側から下ろし始めた。刃先を中骨に沿わせながら、尾に向かってゆっくりと丁寧に引いていく。この後、背側を手前に置き直して、今度は尾の付け根から中骨に沿わせる。これで身が中骨から外れて、三枚下ろしが出来上がった。

「お見事」

「凄い」

おき玖と三吉がため息をついた。

後は下ろした身の腹骨を包丁を引いて取り除く。美味しいところを逃したくないので、なるべく、骨だけ取り去る。血合いと小骨を除き、背側と腹側に分ける。

「いい色してるな」

三吉は薄紅色の鰤の身をじっと見つめた。

「これで皮を引けば、刺身にできる」

三吉は繰り返しの賜物《たまもの》か、魚の皮引きが得意であった。皮引きは刺身には欠かせない技で、これにはコツがいる。

まず、皮を下にして、尾の先の身を少し残して切れ目を入れ、皮を左手で押さえて包丁を入れる。この時の低すぎず、高すぎずの斜めの角度が大事で、包丁は動かさず、くれぐれも身と皮を包丁で切り離そうとはせず、引いて皮だけを剝《は》がすと上手《うま》く仕上がる。

七

「刺身に造ってみろ」

季蔵の言葉に、

「いいんですか？」

三吉は戸惑った。

塩梅屋の鰤料理は、梅見弁当の梅見鰤と残りのアラで作る鰤大根であった。

「おとっつあんも砺波屋さんに鰤尽くしを頼まれる前は、お刺身、試しに食べさせてくれたんだもの、かまわないわよ。あたしも久々にお刺身食べたい」

「それじゃあ――」

三吉は器用に鰤の腹身の皮を引いて、刺身に造った。

「鰤は鮪《まぐろ》と同じで醤油ですよね」

銘々皿に醤油が差された。

「へーえ」

三吉が感心した。

「こりゃあ、美味いよ。鮪より臭みがない。赤身じゃない鮪ときたら、臭味《くさみ》が強くてやりきれないけど、鰤は脂が乗ってるのに、少しも臭くない」

季蔵は、活きのいい鮪の赤身をそのまま、まったりさせたら、このような味になるのかもしれないと思った。

「おとっつぁん、以前は、〝刺身の花は鰤だ〟って、たいそうな入れ込みようだったのよ」

――それがどうして、鰤尽くしを機に鰤を避けるようになったのだろう――

鰤の刺身が絶品なだけに、季蔵はますます解《げ》せなくなった。

「今夜から、しばらくの間、お客様方に年に一度の梅見弁当を楽しんでもらいましょう」

刺身を食べ終えると、いよいよ、松花堂弁当に入れる照り焼きが作られた。照り焼きは甘辛味の好きな江戸っ子には特に好まれる。

鰤に限らず鍬《くわ》焼《や》きなどの照り焼きには、大きな鉄鍋が使われる。火にかけた鉄鍋に菜種《なたね》油を敷き、そこに皮を下にした鰤を焼き付け、返して焼き上げたところに、醤油と味醂、酒、砂糖を混ぜたタレを回しかけて調味する。タレの香ばしさが最大限、鰤の身の旨味を引き出す絶品であった。

鰤が焼き上がったところで、

「実は試してほしいことがあって――」

季蔵は手早く、詰め合わせた松花堂弁当を、おき玖と三吉に差し出した。

「おいらに食べろって？」

三吉は目を丸くした。

「ほんとに食べていいんだね」

「是非、食べてみてくれ」

三吉は夢中で箸を取り、おき玖はいったい、何事かと小首をかしげながら蓋に手をかけた。

二人が食べ終わったところで、

「どうでした？」

季蔵はまず、おき玖に訊いた。

「結構なお味だったわ。申し分ない」

とはいえ、おき玖の小首はかしげられたままである。

――何だか物足りない――

「梅羊羹もいただけるのかしら？」

「そうでした」

季蔵は三吉が梅型に抜いた梅羊羹を、小皿に移し、茶と一緒に勧めた。

「美味しいわ」

――あら、でも、まだ、ちょっと――

すると、三吉が、

「これじゃ、おいら、腹がくちくならねえ。あと二箱は食える」

情け無さそうに腹を押さえた。

「やはりな」

季蔵は浅く頷いて、

「物足りないのですね」

おき玖に念を押した。

「嫌だ、あたし、いつのまに大食いになったのかしら。去年、季蔵さんの松花堂弁当を持って梅見に行った時は、こんなじゃなかったのに――お弁当の中身、ほとんど同じはずなのにおかしいわね」

頬《ほお》を染めたおき玖に、

「同じではありません。去年までの梅見弁当には、山菜の揚げ物が入ってましたから」

「そういえば、揚げ物も美味しかったわ」

「梅見弁当に山菜の揚げ物を入れるのは、どこの店でもやっていて、月並みなので、お浸しや和え物の種類を増やしてみたのですが、やはり、駄目か――」

――なるほど、とっつあんは脂分が鰤の照り焼きだけでは、物足りないとわかっていて、月並みではあるが、時季の揚げ物を添えていたのか。とっつあんの向こうを張るのは、まだまだ早いということだな――

「お客様用には、つくしとたんぽぽの揚げ物を付けさせていただきます」

季蔵は早速、揚げ物に取りかかった。

つくしは和え物同様に下処理した後、水で薄めた梅風味の煎り酒で下味をつけ、小麦粉の衣《ころも》を付けてからりと揚げる。

たんぽぽの花の方はそのまま、衣だけで、さっと揚げて花の色が綺麗に残るようにする。味は塩をぱらっと一振りするだけである。

おき玖と三吉は揚げ立てをふうふうと息を吹きかけながら食べた。

「ああ、美味しかった。大満足よ」

「おいらもだ。けど、お嬢さん、梅羊羹を喰った腹に、揚げ物が入ってきたら、腹の中が喧嘩しねえかな」

「それを言うなら、天麩羅《てんぷら》の食い合わせは西瓜《すいか》よ。それに鱚《きす》なんかの魚や海老《えび》を揚げたのが天麩羅で、山菜のことじゃない。だから、どのみちあたしは大丈夫。お腹《なか》なんて痛くならないわ」

「おいら、あんまし、お嬢さんの喰いっぷりがいいんで驚いたよ」

「自分のことを棚にあげて何よ」

二人は笑い合った。

この夜、年に一度の梅見弁当を食べた客たちは、

「今夜はツキがあった」

満面に笑みを湛《たた》えて帰って行った。

中には、

「いつまで出すんだい？　叶うもんなら、あと一度は食べたい。梅の花が終わるまで続けてほしいものだ」

と言う有り難い客もいて、

「それはご勘弁願います。先代からの申し送りで、これは寒鰤《かんぶり》のいいのが入った時に限るんです。ですから、何とも言えません」

季蔵が頭を垂れると、

「梅見弁当は寒鰤次第ってことかい？」

「先代は梅見鰤とも申しておりまして」

「それじゃ、こうしよう。たぶん、鰤神のいる相模はこっちだろうから」

相模の方と思われる方角に向き直って、手を合わせてみせた。

翌朝、季蔵はおき玖のためだけにこの梅見弁当を拵えた。おき玖は毎年、梅見弁当を携《たずさ》えて梅屋敷へ出向くのが常であった。

「梅屋敷は毎年、おとっつあんと行ったところなの。それで、後で仏壇の中のおとっつあ

んに今年の梅の花はこうだった、ああだったと伝えたいのよ」

おき玖は梅見で長次郎を偲《しの》んでいたのであった。

おき玖は出かける前に、

「よかった、季蔵さん、あたしの言うこと聞いてくれて」

三箱も多く作られている梅見弁当に目を向けた。

「瑠璃さんと一緒にお弁当を食べてくれるのね」

おき玖は昨晩、今夜も梅見弁当を客に出すと決まっている以上、仕込みの手間はそうからないはずで、三吉で充分務まる。それゆえ、季蔵は瑠璃の元へ弁当を届けて、一緒に食べるべきだと言い張ったのである。

「南茅場町《みなみかやばちょう》のお涼《りょう》さんのところには、たしか、梅の木があったでしょ。あれを見ながら梅見ができるじゃないの」

おき玖の心の奥底に、どうにかして、つまらない詮索《せんさく》をしたことを、帳消しにしたいという思いがあった。

――あたしは妬いてるんじゃない。ううん、違うわ、これは強がりってもんで、やっぱり、いつも瑠璃さんが気になってる。でも、くれぐれも妬いてはいけないのだわ――

「お言葉に甘えて、わたしも梅見をさせていただきます」

おき玖を送り出した後、季蔵は風呂敷に包んだ梅見弁当を手にして、南茅場町へと向かった。

実が食用になる梅は桜より多く、柿の木と同じぐらい市中の家々の庭に植えられている。楓川《もみじがわ》を渡り、歩き馴れた道を進む季蔵の鼻腔《びこう》を梅の花の甘やかでありながら涼しい芳香がすーっと抜け続けていく。一時、身体も心も寒さから解き放たれて気分がほっと和まされる。

――この香りが、凍《い》てついた瑠璃の心を癒してくれるとよいのだが――

季蔵はお涼の家の前に立った。庭からは梅の香が漂ってきている。

――本当によい香りだ――

季蔵はただただ梅の香に期待したかった。

「よくいらしてくださいました」

玄関では、元芸者のお涼が、いつも変わらぬすっきりした立ち姿で出迎えてくれた。

「瑠璃さんも喜ばれることでしょう」

惨事を目にして正気を失った瑠璃は、北町奉行烏谷椋十郎と馴染みの深い、長唄の師匠お涼の家で世話を受けている。

「梅見弁当を持参いたしました」

季蔵は風呂敷の包みを解いて、三箱の松花堂をお涼に差し出した。

「それなら、うちで梅見をなさっていってくださいな。梅屋敷とはほど遠いものの、何年か前、御奉行にねだって、増やした梅の木が二本とも今年は花をつけたんです。おかげでとてもよい香り――」

――瑠璃が引き取られているここには、初めて花を付けた梅の木があるという――

季蔵は日溜まりの温かさを希望と同様に感じた。

第二話　饅頭卵

一

「どうか、瑠璃《るり》と御奉行様、お涼《りょう》さんで召し上がってください」

「季蔵《としぞう》さんの分は？」

四という数が不吉に感じられて、季蔵は自分の弁当は数に入れなかった。

察したのだろう、なるほどと小さく呟《つぶや》いたお涼は、

「このところ、瑠璃さん、わりに食べてくれて、梅の花を見て、にこにこ笑うのよ。とにかく、梅の花や香りが大好きのようで、昼間はずっと、咲いているのが見える縁側から離れない。昼寝もしたがらないし、疲れるんじゃないかって案じるほどよ。そんな瑠璃さんだから、季蔵さんが一緒に梅を見ながら、お弁当を食べてあげたら、昔のことを思い出せるかもわからない。思い出に結びつく、香りや食べ物が人を正気にしてくれることがあるものって、あたし、お医者様から聞いていますよ」

「それなら――」

季蔵は思いを決して、

「瑠璃の弁当を分け合って食べます」

「あたしたちに遠慮しないで」

「昔は仲良く、分け合うことが多かったのです」

「あら、まあ」

お涼は温かく笑った。

「これはご馳走《ちそう》様」

季蔵はお涼が返してきた弁当を手にして、瑠璃のいる縁側へと近寄った。

瑠璃は後ろ姿を見せていた。ほっそりとした優しい撫《な》で肩を、薄い萌黄《もえぎ》の地に梅の花が描かれた小袖《こそで》が覆っている。華奢《きゃしゃ》で頼りなげなその風情は、昔の瑠璃と少しも変わらなかった。

「瑠璃」

呼ぶと瑠璃が振り向いた。

――呼んでも自分のことだとわからぬ日もある。お涼さんの言う通り、加減のよい日が続いているのだろう――

「瑠璃」

もう一度呼びたくなった。

瑠璃は声は出さずに黙って頷《うなず》いた。その目は季蔵を見つめている。そのまなざしに力はないが、虚《うつ》ろではなかった。

「季之助《としのすけ》様をご存じありませんか」

――瑠璃が正気を取り戻しかけている――

季蔵の心は躍った。

――こんなことは初めてだ――

「知っている」

季蔵は大きく頷いて、

「ほら、こうして目の前に居る。理由《わけ》あって、季之助は季蔵と名を改め、市井《しせい》で生きている」

「季蔵？」

瑠璃は困惑して首をかしげた。

「季之助様がそんな形《なり》をしているわけがありません。教えてください。季之助様はどこです？　お達者なのですか？」

瑠璃の目に怯《おび》えが走った。

――瑠璃は酷すぎる過去に対して、まだ、固く心を閉ざしたままなのだ――

あわてて、

「わたしは、遠方でお務めを果たしている季之助様に、梅見弁当を頼まれました。どうか、召し上がってください」

季蔵は弁当の蓋《ふた》を開けて、瑠璃に箸《はし》を持たせた。

――季之助が季蔵だとわかってもらえない以上、弁当を分け合った昔には戻れない――

「ありがとう」

瑠璃は箸を使い始めた。

「梅が綺麗ですね」

瑠璃の目はもう季蔵を見ていない。

「つくしやたんぽぽの揚げ物はいかがですか？」

――瑠璃は摘み菜が好きだった。それで、この時季、二人で野山を、摘んだ野草や山菜は、母上が食べきれないほど揚げ物にしてくれたものだった――

つくしの揚げ物を一口噛《か》みしめた瑠璃は、

「季之助様が思い出されて――」

ぽつり呟いて涙ぐんだ。

「急に胸がいっぱいになってしまいました。もう、食べられません」

この言葉に季蔵の胸もまた、震えた。

――あの頃の自分たちに戻れたら――

これほど強く思ったことは、今までなかった。ただただ、瑠璃が愛《いと》おしくてならない。

「どうか、無理をなさらず――」

季蔵は瑠璃の差し出した箸を受け取り、弁当の蓋を閉めた。廊下に足音が聞こえて、

「そろそろお茶をと」

お涼の声が続いた。

――今日の瑠璃の目は虚ろではなかった――

季蔵は心が喜びで満たされるのを感じた。

――だから、いつか、昔のような瑠璃になってくれるはずだ――

そう自分に言い聞かせると、さらなる希望が湧《わ》いてきた。

――今はただ辛抱強く待つのみだが、きっと報《むく》いはある――

季蔵はわいわいとかしましい子どもの声が聞こえたような気がして、思わず足を止めたが、それは急に強くなってきた風の音にすぎなかった。ほどなく、風の音は雷に掻《か》き消されて、晴れていた空が俄《にわか》に曇ったかと思うと、どしゃぶりの雨が降り始めた。この時季にはありがちな春の嵐である。

大急ぎで塩梅屋《あんばいや》に帰り着くと、

「大変、大変」

三吉《さんきち》が待ちかまえていた。

「江戸中、ひどい嵐のようなんだ。お嬢さんから報《しら》せが届いて、梅屋敷じゃ、臥龍梅《がりょうばい》の次に立派な梅の木に雷が落ちたんだって」

「まさか、お嬢さんが怪我《けが》でもなさったのではないだろうな。報せは文《ふみ》で届いたのか？」

季蔵の顔に緊張が走った。

「文じゃなく、使いの人だよ。お嬢さんが怪我をしてるなんて言ってなかった。ただ、お嬢さんは近くの梅見茶屋亀可和《かめかわ》に居て、季蔵さんに迎えにきてほしいってことだった」

「わかった」

季蔵は手早く、濡《ぬ》れた小袖を着替えると、おき玖《く》が待っている亀戸へと急いだ。

「まだ、遠くで雷が鳴ってる」

首をすくめた三吉は、生きものの血を見るのと同じくらい、雷が苦手であった。

木原店《きはらだな》から亀戸までは猪牙舟《ちょきぶね》を頼むのが一番早いが、こんな天気では無理である。季蔵はおき玖の蛇《じゃ》の目傘《めがさ》を手にすると、店を飛び出した。途中、行き交《か》う人は誰もいない。どの店も大戸を下ろし、春の嵐が通り過ぎるのを、息を潜めて待っている。季蔵は雨に濡れるのも厭《いと》わずに駆け抜けた。

――お嬢さんの文が来なかったのは、よくないことが起きているのかもしれない。お嬢さんにもしものことがあったら、冥途《めいど》のとっつあんに顔向けが出来ない――

季蔵は思い詰めて走り通し、亀可和の前に立った。

亀可和からは陽気が売り物の梅見茶屋には不似合いな、張り詰めた物々しさが感じられる。

――これは間違いなく、何かあった――

「どなたか、おいでになりませんか」

声をかけると、

「はい、只今《ただいま》」

半襟《はんえり》使いが粋《いき》な大年増《おおどしま》が戸を開けた。

「亀可和の女将《おかみ》れんと申します。あなたが塩梅屋のご主人ですね」

女将の声は不安そうにくぐもり、常はまだ色香が失《う》せていないはずの顔は強《こわ》ばっていた。

「塩梅屋季蔵と申します。お嬢さんのおき玖さんをお迎えに上がりました」

「その旨《むね》はおき玖さんから伺っております。どうぞ、こちらへ」

季蔵は奥へと案内された。

臥龍梅が襖《ふすま》に描かれた部屋で、おき玖は季蔵を待っていた。

安堵《あんど》のため息を洩《も》らした。

「よかった、来てくれて」

「よかったです。ご無事で」

季蔵は顔だけでなく、首筋、袖から覗《のぞ》いている腕や手の指まで目を凝らして、まじまじとおき玖を見つめた。

――火傷《やけど》もしていないようだ――

一方のおき玖は、

――今、季蔵さん、怖いほど熱くあたしのこと、見てくれてる――

変わりのないことを確かめるためとはわかっていても、そぞろ気持ちが落ち着かない。

「大丈夫よ、季蔵さん。梅の木は丸焦げになっちまったけど、梅見の人たちは誰一人、巻き添えは食わなかったから」

「何よりです」

微笑《ほほえ》んだ季蔵が、

「雨も小止《こや》みになってきましたので、ここを出るとしましょう」

立ちあがりかけると、

「ええ、でも、女将さんの様子で気がついたでしょうけど、今、ここでは、番屋へ人をやって、お役人に来てもらおうか、どうしようかで揉《も》めているのよ」

「何か大変な事が起きたのですか？」

「突然、よかった天気が悪くなって、梅屋敷に雷が落ちたでしょ。あたしも含めて、その場にいた人たちは、すっかり、肝《きも》を潰《つぶ》したの。中には腰を抜かした人もいたのよ。そんな時、居合わせていた與助《よすけ》さんという人が近くに梅見茶屋があるから、そこで、皆、しばらく休むことにしてはと言って、あたしたちを案内してくれたのよ。ここまでは、よかったんだけど——」

二

一度、言葉を切ったおき玖は、

「梅屋敷からここへ上がったのは、勧めてくれた與助さん、霊岸島《れいがんじま》の蔵一《くらいち》さんの御夫婦とお付きの小女《こおんな》の五人よ」

「蔵一といえば指折りの新酒問屋ですね」

「会ってみればわかるけど、蔵一の後添えの若いお内儀《かみ》さんは、吉原の女《ひと》で息を呑《の》むほど綺麗な人。年配のご主人新蔵《しんぞう》さんはこのお内儀さんに夢中で、望むものなら、何でも買い与えている様子で、その一つが、お守り代わりに首から下げていた夜光の珠《たま》。買値が八両だったと聞いて、もう、びっくり。でも、見せてもらっているうちに、その値打ちがよくわかったわ。虹《にじ》のように七色に輝いてて、見たことのない美しさだった。夜の闇をも照らす輝き、それで夜光の珠なのだと納得したの」

「夜光の珠とは玉《ぎょく》ですね？」

「西国の大村という海で獲《と》れる、目薬用の珠の中に、大きくて粒よりで、あまりの見事さに見惚《みと》れるものがあると、特別に名前をつけて売られる。その一つを新蔵さんはお内儀さんのためにもとめたんですって。一目《ひとめ》惚《ぼ》れしたお内儀さんは楽しみにしていた梅見のために、穴を空けないで、首から下げられるよう細工させたというわ。その夜光の珠がここで無くなったのよ。お内儀さんはしくしく泣き出すし、新蔵さんは誰かが盗んだに決まっているのだから、こうなったら、もう、お役人を呼んで詮議《せんぎ》してもらうしかないって、怒り骨頂《こっちょう》なのよ」

「梅屋敷での雷騒動の時、腰を抜かしたのはどなたです？」

「他ならぬ蔵一のお内儀さん、お夢《ゆめ》さん。普通、身請《みう》けされたお女郎さんは、源氏名は忘れて、親が付けてくれた名に戻すんでしょうけど、新蔵さんは、太夫《たゆう》だった頃の夢園《ゆめぞの》って名が気に入ってて、その一字を名乗らせてるんですって」

「お夢さんが腰を抜かした時、助けたのは？」

「倒れないように支えたのはご主人の新蔵さん」

「近くに居た人たちは？」

「すぐに與助さんが駆け寄ろうとしたのを、結構だと新蔵さんが手で制して――」

「與助さんはご主人に任せた」

「ええ」

「だとしたら、今頃、夜光の珠は梅屋敷に落ちているかもしれません」

――風流を楽しむ梅見に盗《ぬす》っ人《と》騒動は似つかわしくない。そんな振る舞いがあってほしくないものだ――

「もしかしたらと、ここの女将のおれんさんが、奉公人に梅屋敷を探させてるところよ。とはいえ、梅屋敷は広いこともあって、まだ、見つかってないのよ」

「亀可和に皆で上がった時、お夢さんの首に夜光の珠があったか、どうか、覚えている人は？」

「初めは一人も居なかった。梅の木に雷が落ちた時、皆、ただただ恐ろしさだけで、我を忘れたんだと思う。何十両しようが、首から下げてるお宝どころじゃなく、何も考えられないまま、興助さんの知り合いだというここへ上がったんですもの。だから、お夢さんのほっそりした首から、夜光の珠が無くなっているとわかったのは、新蔵さん御夫婦が女将さんに頼んで、皆とは別の離れに部屋を取ってからのこと。新蔵さんがお夢さんの胸元を見て気がついたの。呼びつけられた女将さんは大慌てで、誰か拾って持ってるんじゃないかって、奉公人を集めたり、あたしたちのところへも聞きにきたのよ」

「梅屋敷にいなかった女将さんや、ここの奉公人は、お夢さんの夜光の珠を見ていないのですか？」

――女将さんたちは、落雷を目《ま》の当たりにした人たちほど、切羽《せっぱ》詰まってはいなかったはずだ――

「女将さんは雷の音を聞いた後での突然の来客なので、すっかり、気が動転してしまい、とりたてて、お夢さん一人を注目することもなく、気がつかなかったと言っている。これは奉公人も皆、同じ。わかるような気がする」

それではまだ、夜光の珠が梅屋敷に落ちている可能性が大きいと季蔵は思った。

――見つかってほしい。咎人《とがにん》など出ない方がいい――

季蔵の思いを察したおき玖は、

「新蔵さんも、初めは今ほど怒ってはいなかったのよ。お夢さんに付いてきた小女のおさんちゃんが、――亀可和に上がった時、お内儀さんの首に、夜光の珠が輝いてるのをたしかにこの目で見た――なんて、言い出すもんだから、こうして大変なことになってしまったの。新蔵さんは、亀可和の人たちも含めて、ここに居る誰が盗っ人でもおかしくない、なんてことまで、言い出してて、夕方までに梅屋敷で見つからなかったら、朝一番に番屋に届けるって、息巻いてる」

「とにかく、お夢さんに会って話を聞かせてもらいます」

おき玖のいる部屋を出た季蔵は、離れへ続く渡り廊下を歩いた。

新蔵とお夢のいる部屋へと近づくにつれて、聞こえてくる、張り上げた男の声も大きくなった。

「間違いないのだな」

新蔵と思われる声はびりびりと震えている。

相手の声はまだ聞こえない。

障子の前に立つと、

「本当に見たのだな」

「はい」

か細い女の声であった。

「與助が入墨者だったとは知らなかった。親切ごかしに、ここへわたしたちを連れ込んだのも、おまえの夜光の珠を狙《ねら》ってのことだったのだな」

憤懣《ふんまん》やる方ない怒声であった。

「お休みのところをお邪魔いたします」

季蔵は障子を開けた。

「覚えのない顔だが、ここの者なら、お夢が気に入るような、気の利いた菓子を用意してくるよう、催促してきてくれ」

床の間《とこま》を背に座っている新蔵は足を崩したままで、顎《あご》を前にしゃくった。一代で今日《こんにち》の財をなした新蔵の顔は、黒い岩のようにごつごつしている。ぴかぴかとよく光る町人髷《まげ》で、白髪《しらが》がまばらな薄毛を精一杯、若く見せようと念入りに手入れしているのが見てとれた。

「それと、これから人を番屋にやって、お役人にここへ来ていただく。そうだ、これ以上、手間をかけて梅屋敷を探すこともないと、女将に伝えるのが先だった。朝まで待つこともない。盗っ人の正体はもうわかったのだから。早く引っ捕らえて、夜光の珠の在処《ありか》を問い質《ただ》さなければ――」

「わたしはここの者ではございません。日本橋は木原店の塩梅屋季蔵と申します」

季蔵は型どおりの挨拶《あいさつ》をした。

「梅見でご一緒させていただいたお嬢様をお迎えに上がったのですが、経緯《いきさつ》を聞いて、今のままではお役人の詮議を受けるやもしれぬと案じていたところでした。まさか、そちらはお嬢様を盗っ人と決めつけておられるのでは――」

障子の前で立ち聞きして知っているとは言えなかった。

「盗っ人はわかったと言ったろう。入墨者の與助だ。今、このお夢の口から聞いてはっきりしたところだ」

新蔵は愛おしくてならない目で、隣りに座っているお夢を見て、〝どうだ、いい女だろう〟と言わんばかりに厚い胸を反《そ》らせた。

「お内儀さんに一つ、二つ、お話をお訊《き》きしたいのですが、よろしいでしょうか」

季蔵は新蔵に向かって言った。

「はい」

お夢はうつむいたままでいる。

おき玖が言った通り、細身の柳腰《やなぎごし》で色が抜けるように白く、化粧の映《は》える整った顔立ちのお夢は、この世の女というよりも、舞い降りた天女のように艶《あで》やかで美しかった。

「與助さんが入墨者だとどうしてわかったのです？」

「それはお夢が――」

代わって話そうとする新蔵に、

「お役人はお内儀さんにじかに話を訊くはずです。お役人を甘く見てはいけません」

季蔵はぴしゃりと水を浴びせかけて、新蔵を怯《ひる》ませ、

「どうか、お内儀さんの口から話してください」

お夢を促した。

三

「あたし、梅の花に見惚れていました。梅の花を見ると、この時季に別れてきた故郷《くに》のお

とっつあんや妹、弟たちを思い出して――。すると、與助さんは梅の枝に手を伸ばして枝を手折《たお》り、渡してくれたんです。その時、〝あんたも何か、思い出すことがあるんだね。わたしはあんたと梅の花を見てて、ちょうど今頃、梅の花の時季に死んだと報された、可愛《かわい》い一人娘を想ってた。つい、あんたに見惚《か》れてしまったのは助平心からじゃない。横顔がどことなく、娘に似ていたからさ〟って話してました。そんな話をしていた與助さんの笑顔はどこか、悲しそうで、あたしは別れたきり、二度と会えなかったおとっつあんみたいだと思いました。あたしはただ、旦那様が何を與助さんと話していたか、きつくお訊きになるので、何度も繰り返しているうちに、與助さんが梅の木に左腕を伸ばした時、ちらっと見えた、入墨の丸い輪を思い出して――」

「まさに、罪人の証《あかし》だ」

新蔵は冷たく言い放った。

「ああ、でも、どうして、こんなこと、思い出してしまったのでしょう。思い出さなければよかった。このままでは、與助さんに疑いがかかってしまう」

呟いたお夢は頭を抱えた。

「ふん、〝助平心からじゃない〟だなんて、よく、まあ、ぬけぬけと。おまえ、本当に與助とは、それだけの仲なのだろうな」

新蔵はじろりとお夢を見据えた。

「おまえは女郎をしていた。お縄になる前の與助が客で上がっていてもおかしくはない。

おまえたちは見知った仲で、夜光の珠を盗んで逃げるために一芝居打ったんじゃなかろうな」

「そんな酷《ひど》い――」

お夢は、はらはらと涙をこぼした。

「あんまりです。身請けされた後のあたしは、旦那様だけが頼りだというのに」

「わかった、わかった」

新蔵は目尻を下げると、

「わたしもおまえは関わっていないと思いたい」

お夢を引き寄せて背中を撫でた。

「ということは、與助さんが夜光の珠を盗んだとする根拠は、入墨者だということだけなのですね」

季蔵は念を押した。

「それだけで充分だ」

新蔵はむっつりと応《こた》えた。

「これで、夜光の珠がどこからか、出てきたとしたら、お役人に厳しいお叱《しか》りを受けますよ」

「お夢が根も葉も無いことを言っているというのか」

「いい加減な邪推をしているのは、お内儀さんではなくあなたです。入墨者だからというだけで、夜光の珠を盗んだということにはなりません。お願いです。どうか、番屋への届けは今、しばらく、お待ちいただけませんか。せめて、ここの厨で菓子が出来上がるまでの間なりとも――」

「あたしからもお願いします」

お夢に抱きつかれた新蔵は、

「まあ、まあ、人前だというのに。おまえはこれだから――」

蕩《とろ》けかねない表情になって、大仰《おおぎよう》に応えると、季蔵に出て行ってくれと目で報せ、

「くれぐれも菓子を拵《こしら》える間だぞ」

素っ気なく駄目押しした。

おき玖のところへ戻って、この話を伝えると、

「あの與助さんが盗っ人ですって？」

おき玖は目を吊り上げた。

「あたしも少し、お話ししたけれど、物静かで温和な人だった。今、入墨者だと聞いて驚いたけれど、それにはきっと、言うに言われぬ理由があるはずよ」

すると、そこへ、

「よろしいでしょうか、與助さんがお話があるそうなんですけど」

女将のおれんが障子を開けた。

おれんの後ろに與助が立っていた。中肉中背のがっしりした体つきをしていて、髪はま

だ黒かったものの、陽《ひ》に焼けた顔には、皺《しわ》が深く刻まれている。

与助は全身から、諦《あきら》めとも虚無ともつかない、救いのない絶望感を醸《かも》し出していた。

――よほどの心身の苦しみに耐えてきた人なのだ――

季蔵はたまらない気がした。

「与助と申します」

「わたしはおき玖お嬢さんを迎えに上がった者です」

「このまま、夜光の珠が出て来ないとなると、入墨者のわたしが盗っ人ということになるのでしょうね」

与助は淡々と言葉を続けた。

「お縄になれば、必ず、きつい詮議でお宝の在処を言えと責め立てられ、わたしは息絶えるでしょう。理不尽な責め苦に耐えて死ぬ覚悟もありますし、たいていのことは諦められるのですが、どうしても、突き止めておきたいことが、この世に一つだけあるのです。お願いです」

そこで与助は二人に向かって平伏した。

「どうか、頭を上げてください。わたしたちでお力になれることでしたら、何なりとさせていただきます」

季蔵の言葉に、

「ありがとうございます」

声を詰まらせ、

「身の上話は苦手なのですが――」

與助は頭を上げると、白州《しらす》で裁かれるに到《いた》った経緯を話し始めた。

「ツイていない男の生きざまです。若い頃は奉公先があって、好いた女も出来て、可愛い女の子も生まれて――まずは、人並みだったと思います。翳《かげ》り始めたのは、やっと番頭にまでなったところで、奉公先の薬種問屋氷見屋《ひみや》が貸し倒れで店仕舞いとなり、女房が流行《はや》り病であっけなく死んでからでした。職も女房も無くして、打ちひしがれもしましたが、わたしには、幸い、娘がいました。この娘が一緒なら、いや、この娘のためにも、強く生きようと心に決めて、職を探しました。わたしの先祖は越中でして、とかく、越中の血は一にも二にも堅実が取り柄《とりえ》で、まだ幼かった娘の婚礼のことまで考えたんです。暇を出され、女房の葬式やらなにやらで、今までの貯《たくわ》えは尽きていましたから、新しい奉公先で、そこそこの貯えはしたかったのです。そうして、砺波屋《となみや》への奉公が叶いました」

「本郷の薬種問屋砺波屋ですね」

季蔵は念を押した。

「はい、左様で」

――とっつあんが、鰤尽《ぶりづ》くしに呼ばれて、二度と引き受けなかったところだ――

季蔵は不思議な因縁《いんねん》を感じた。

――とっつあんに鰤尽くしを封じさせた砺波屋、この店で與助さんに何が起きたのだろうか——

「いったい、何があったの？　與助さんみたいな人が八丈島へ送られるほどの罪を犯すなんて、あたし、思いもつかない」

おき玖が先を促した。

「それは——」

一瞬、與助は言い淀《よど》んだが、

「埒《らち》もないことです。夏祭りの喧嘩です」

「喧嘩で島送りだなんて」

「そうは言っても、酒に酔って見境がなくなり、男を殺《あや》めてしまいました。相手から因縁をつけられたこともあり、罪一等を減じていただき、死罪にならずに済んだのです」

「まだ、信じられない。與助さん、どうして、人と争いになるほどお酒を飲んだの？」

「言いそびれましたが、女房に死なれた後、寂しくてならず、ついつい酒に手が伸びていました。以来、飲み出すと止まらなくなっていました。その時も祭りの気分に浮かれてついつい——」

「娘さんの名は何と言うのですか？」

季蔵が唐突に口を開いた。

「とせ」

「あなたが喧嘩で人を殺めた時、幾つでしたか？」

「十年前だから、十六歳」

「浴衣《ゆかた》が清々《すがすが》しく似合う年頃ですね」

「そうですね。おとせには、白地にツユクサの柄が映りました。ところが本人は背伸びしたい年頃です。変化朝顔なんぞを染めた、派手な浴衣を着たがりましたが、ああいうのは、もっと先へ行ってから着るもんだからと言って、ツユクサのをわたしは勧めました。女房が生きていたら、きっと同じことを娘に言っただろうと思います」

與助はその時のことを思い出したのだろう。はじめて、幸福そうに微笑んだ。

「本当によく似合った。親馬鹿でね、自分の娘はどんな小町にも負けはしないと思ったほどだ」

「與助さん、嘘《うそ》はいけませんよ」

季蔵は與助の顔を正面から見据えた。

「あなたは娘さんとその浴衣に、これほどの想いがあった。そんなあなたが、酒を過ごして、人を殺めたとは到底、思えません」

「嘘などついてはいません」

與助はムキになった。

「わたしにとっちゃ、酒が魔物なだけです」

四

そこで季蔵はさらに問い掛けた。

「それにまだ、あなたの願いを伺っていません。ただし、あなたの来《こ》し方《かた》と関わっているのだろうとは思ってはいます。ですから、本当のところを話してくれないと、わたしたちはお役に立つことはできません」

與助は黙ってうつむいてしまった。

「あなたは誰かを庇《かば》っていますね」

與助の膝《ひざ》に置いた手が震えている。

「十年前の祭りの日、市中で、男が喧嘩で命を落としたのは事実でしょう。でも、手を掛けたのはあなたではない。その場に居合わせていたあなたは、身代わりで名乗り出て、縛《ばく》についたのではないですか」

頷く代わりに與助は両手を固く握りしめて、

「お察しの通りです」

低い声ではあったが、きっぱりと言い切った。

「どうして？　與助さん？　してもいないことで罪を被《かぶ》るなんて、何でそんな馬鹿なことを――」

おき玖は驚いて目を瞠《みは》った。

「奉公先のご主人のためですか？」

「その通りで。当時、砥波屋は旦那様を亡くしたお内儀さんが、気丈に女手一つで商《あきな》っていましたが、この時、お内儀さんは重い病を患《わずら》っていました。砥波屋は薬種問屋ですが、薬石《やくせき》効なく、お内儀さんは死を覚悟しているようでした。そんなお内儀さんから、息子の不始末が公《おおやけ》になれば、砥波屋は暖簾《のれん》を下ろすしかなくなる、それでは、あの世で旦那様に会った時、申しわけが立たない、死んでも死にきれないと泣かれると、断ることはできなかったんです」

──今の砥波屋の主は婿養子だと聞いている。跡取り息子が居たとは知らなかった──

季蔵は意外だった。

「酒が禍《わざわい》して男を殺めたのはその息子さんだったのですね」

「芳太郎《よしたろう》といいました。妹が一人いるだけでしたから、小さい時から、跡取り息子として、大切にちやほやと育てられたんです。砥波屋は大店《おおだな》なので、たいていの我が儘《まま》は叶えられるのですが、一歩、外に出れば、自分の思い通りにならないこともあります。そんな時は、酒が入らなくても癇癪《かんしゃく》を起こし、手や足が出るのだと、奉公人たちは皆、芳太郎の供をするのを尻込みして、何かと仕事にかこつけ、逃れようとしていたのです」

──おおかた、自分中心にこの世のすべてが回っている、すべからく、奉公人は自分に忠義を尽くし、犠牲を払うべし、とでも思い込んでいる輩《やから》だったのだろう──

季蔵は許嫁《いいなずけ》を奪って自分の人生を狂わせた主家の嫡男に、この芳太郎を重ねて、背筋が冷たくなった。

「供を誰がするかという話になって、しんと静まり返っていましたから。それでわたしがかってでたのです。皆もわたしの方をちらちらと見ていましたし、中年奉公としては、そう振る舞うしかありませんでした。後悔はしていません」

「罪を被ったことはさすがに悔やんでいるのでしょう？」

おき玖の問いに、

「いや、今、また、同じことが繰り返されたら、やはり、同様の決断をすると思います。わたしは十一歳の時から奉公に出て、ただただ、お店のために忠義に励んできました。必ず、それが、自分や家族の幸せにつながると信じたからです。第一、それしか生き方を知りません。わたしはお上《かみ》の詮議が及ぶ前に、お内儀さんの頼み事を聞き入れて、手に掛けたのは自分だと、番屋に自訴して出たのです」

「お嬢さんのおとせさんのことを話してください。あなたが縛についた時、おとせさんはどうしました？」

「報せを聞いたおとせは番屋に駆けつけてきました。そして、〝こんなの何かの間違いだよね。おとっつあんの無実はきっと、あたしが晴らしてあげるから〟と、意気込んでいました。わたしを信じ切っている穢《けが》れのない目でした。わたしはおとせと、目を合わすことができませんでした」

――どんなにか、〝そうだ、その通りだ、おとっつあんは何も悪いことはしていない〟

と、與助さんは言いたかっただろうか――

おき玖は胸がきりきりと痛んだ。父親と娘の気持ちは自分のことのようによく分かった。

與助は話を続けた。

「おとせはわたしが小伝馬町《こでんま》の牢に送られてからも、わたしの好物を詰めたお重を何回となく差し入れてくれました。ようやく会えた時に、〝おとっつあんは無実に決まってる。罪を認めたなんて、お役人の嘘だ〟と繰り返すのです。おとせと目を合わせることが辛《つら》いわたしには、それがたまらなくて、〝お役人の言っていることは本当だ。おまえだって、わたしがおっかさんに死なれた後、大酒を飲んでいたのを知っていたろう。とんと見境がなくなって、茶簞笥《ちゃだんす》の中身をぶちまけたり、他人様《ひとさま》に因縁をつけたりと、見苦しく暴れたことだってある。祭りの時もそうだった。若旦那の大盤振る舞いに、ついタガが緩《ゆる》んで、飲み続けたのが悪かった。すっかり、我を忘れてしまっていて、何を言って、何をしたか、思い出せない。気がついた時は、拳《こぶし》や袖に血がついていて、人が倒れていて、息をしていなかった〟と言ったんです。〝嘘だ、嘘だ、嘘だ〟とおとせは涙をこぼし、わたしは〝本当だ、本当だ、本当だ〟とおとせが〝嘘だ〟と返さなくなるまで、言い続けたんです。それから、おとせはぱったりと差し入れをしてくれなくなったんです」

――これじゃ、あんまり、辛すぎるわ――

知らずとおき玖は貰《もら》い泣きしていた。

「わたしはその時、これでよかったと思いました。わたしの無実を信じるおとせが、砺波屋に乗り込んで行くなぞしたら、大変だと思ったからです」

「砺波屋では相応のことをなさったのでしょう？」

季蔵の言葉に頷いた與助は、

「わたしが自訴した後、ほどなく、お内儀さんは亡くなったと聞きました。事情を知っている大番頭さんが、わたしの八丈送りが決まった後、報せにきてくれたんです。前にも申しましたように、人を殺めたとなれば、死罪です。それが島送りで済んだのは、お内儀さんが伝手《つて》を辿《たど》って、奉行所に働きかけてくれたからでした。お内儀さんは、〝罪の無い與助に八丈は酷い〟とおっしゃっていたそうです。大番頭さんは、お内儀さんがお嬢さんのおゆみさんに宛《あ》てた文《ふみ》の写しを見せてくれました。それには、〝芳太郎には跡を継がせず、本所《ほんじょ》の石原町に暖簾分けして分家させ、ゆみと夫婦《めおと》になることが決まっている増右衛門《ますえもん》さんに砺波屋へ入っていただく〟と書かれていました。さらに、わたしの娘おとせを引き取り、眼鏡《めがね》に叶った嫁入り先を見つけるよう指図されていたんです。わたしは張り詰めていたものが一気に溶け、涙が溢《あふ》れ出てきて、〝ありがたい、ありがたい〟と大番頭さんと文の写しを拝みました。そんなわけですから、八丈行きの船の中でも、晴れ晴れとした気分でした。他の人たちやお役人が船酔いで苦しんでいる時も、笑顔でいられたのです。おとせが幸せになれると信じていたからです」

「おとせさんが亡くなったのは、いつのことだったのです？」

季蔵は核心へと迫った。

「半年も経《た》たない頃でした。わたしは届いた文を何遍も読み返しました。とても、信じられなかったからです」

「写しに書いてあったことが嘘だったんじゃない？」

おき玖は眉を吊り上げた。

「それはないと思います。跡を継いだおゆみさんからの丁寧な文でしたから。茶の湯や生け花、三味線《しゃみせん》に琴等の稽古《けいこ》、芝居見物や贅沢《ぜいたく》な正月の晴れ着のことなど、おとせは何不自由なく暮らしていたようです。亡くなったお内儀さんの遺言をたがえず、そろそろ、相手探しを心がけようとしていた矢先だと書かれていました。砺波屋さんでは、おとせのために誠《まこと》を尽くしてくれたんです」

「まあ、たしかに、砺波屋さんの悪い噂《うわさ》は耳にしないわね」

おき玖はしぶしぶ頷いた。

「ところで、おとせさんはどのような亡くなり方をしたのですか？」

これが肝心だと季蔵は語気を強めた。

「神田川に浮いていたのを、朝、通りかかった納豆売りに見つけられたと書いてありました。それだけです」

――それだけでは、何もわからない――

季蔵は悲しみとも怒りともつかない激しい感情に突き動かされている、赤黒く変わった與助の顔をじっと見つめた。

「砺波屋の養女同然だったおとせが、神田川に浮いてたんですよ。これじゃ、あんまり、惨《みじ》めすぎる死に方です」

與助は知らずと、握った両手の拳をぐいと突き出していた。

「だから、どうして、そんな酷い目に遭ったのか、突き止めたいんです。そうしてやらないと、おとせだって、浮かばれません。おとせの魂は、あの世で待っている母親の元へ、まだ、行き着けていない気がします。せめて、あの世では親子三人、揃《そろ》って会えたことを喜びたい——。わたしの願いはただそれだけです。あの世で女房やおとせに会えるとわかったら、わたしはもう、この世に未練はありません。二人の後を追うつもりでいます。けれど、そのためには、今、しばらくは生きて、おとせのことを確かめなければ——。とはいえ、運の悪い者はとことん悪く、わたしは今後、夜光の珠の盗っ人と見なされて、責め殺されるやもしれません。おとせの魂を連れて行けなければ、女房に合わす顔がない。お願いです。わたしが捕らえられるようなことがあったら、代わりに、どうか、お二人で、おとせのことを突き止めてください。行きずりのわたしのような者に関わるのは、ご迷惑だとわかっています。でも、わたしには他に頼む相手がいません。この通りです」

與助は唇を真一文字に引き結んだまま、再び頭を深く垂れた。

五

「わかりました。わたしたちで出来ることは、お力をお貸ししましょう。ただし、お嬢さんのことはあなたが生きて、突き止めるべきです」

季蔵は力強く励ました。

「おとせさんの魂は、たしかにきっと、父親の與助さんが真相を突き止めるのを待っていると思うわ。でも、短い時しか、この世で過ごせなかった自分の代わりに、與助さんには前に進んで生きてほしいと思っているはず。與助さん、死ぬことばかり、考えないでちょうだい」

おき玖の涙声が掠《かす》れた。

「少し、時間をください」

季蔵は立ち上がった。


離れでは蔵一の主夫婦の部屋の障子を、菓子盆を手にした女将が開けたところであった。

「失礼いたします」

腰を屈めた季蔵はおれんに続いて、部屋の中へ入った。

「おうおう、やっと出来たか」

新蔵の目は梅の花の形をした菓子盆に注がれている。

「お夢や、おまえの好きな菓子だ、菓子だ」

お夢はちらりと菓子盆に艶な流し目をくれると、風情ありげにうつむいて、

「まあ、楽しみなこと」

そっと呟いた。

「餡を煮ていてすっかり、遅くなってしまいました。長らくお待たせして申しわけございませんでした」

おれんは菓子盆の蓋を取った。

「お彼岸は過ぎてしまいましたので、牡丹餅《ぼたもち》はどうかなと思い、このようなものに」

――付粉餅《つけこもち》だな――

牡丹餅は、蒸した餅米を半搗《つ》きにし丸めて餡で包んだものであるが、付粉餅には赤米の糯《もち》粉が使われる。

食べ応えのある牡丹餅に比べて、あっさりと上品で、さらりと喉《のど》を通る。

――これなら、普通は喜ばれるのだが――

「どれどれ」

楊枝《ようじ》を手にした新蔵は、ぱくりと一口で食べ終えると、

「美味《うま》い、美味い」

目を細めた。

「それはよろしゅうございました」

おれんはほっと胸を撫で下ろしたが、

「食べてみろ、美味いぞ」

夫の言葉に、やはり、また、ちらりと付粉餅に目をやったお夢は、僅《わず》かに眉を寄せると、

いやいやと首を横に振った。

「何やら、気分が悪くなってまいりました」

新蔵の半白《はんぱく》の眉が吊り上がった。乱暴におれんの手元に菓子盆を押し返して、

「やはり、これは不味《まず》い。これでは駄目だ」

「そう、おっしゃいましても」

青い顔でおれんは途方に暮れた。

「もう、菓子はいい。早く、番屋へ人をやって與助を捕らえさせよ」

――よくない風向きだ――

「蔵一の旦那様、わたしは料理人でございます。菓子とて作れないことはございません。わたしに機会をいただけませんか。お話を伺って、必ず、そちらのお内儀さんのお好みの菓子を作ってみせます。その代わり、どうか、番屋へ報せるのは、お待ちください」

季蔵が深々と頭を下げると、

「ふーん、料理人は肴《さかな》や菜を作るのではないのか。また、不味いものが出てくるのかと思うとうんざりだな――」

新蔵はお夢の方を見た。

「お菓子はよいものですよ、旦那様。雷で心も身体もかじかんだ上、夜光の珠まで無くしてしまった今日は厄日。そんな日には、あたし、お菓子なしではいられません。旦那様、後生です、お願いです。美味《おい》しいお菓子を食べさせてくださいな」

お夢の言葉に、

「そう、そう、そうだな」

またしても、新蔵の顔はとろとろと緩んで、

「それじゃあ、腕を見せてもらおうじゃないか」

早く、厨へ行って作れとばかりに、新蔵が目で季蔵を追い立てた。

「有り難うございます。すぐにいたします。ただし、その前に、お内儀さんにお好きなお菓子を伺わないと――」

「あたしが好きなのはお饅頭《まんじゅう》と卵」

お夢は首をかしげながら、ぽつりと言った。

「お饅頭なら甘酒がございますので、そう時をかけずにお作りできます」

おれんが口を挟んだ。

小麦粉に漉《こ》した甘酒と白砂糖を入れてよくこね、これで、こし餡を包んで蒸籠《せいろう》で蒸すと饅頭が出来上がる。

「そうじゃなくて――」

お夢はおれんの顔から目を逸らした。

「そんなどこにでもあるものを、このお夢が欲しがるはずもない」

新蔵はおれんを睨んだ。

「卵のお饅頭」

お夢は言い直した。

「饅頭卵のことですね」

季蔵は言い当てた。

「ええ」

お夢は季蔵を見た。

「思い出しました。それだわ。間違いない。以前、あたしのところへお上がりになった、どこぞのお大尽《だいじん》が、これは、昔、昔から、作られ続けてきたものだとおっしゃって、お土産《みやげ》にくだすったんです。餡の甘さと、つるんとした卵の舌触りが、何ともいえない美味しさでした」

「なるほどな」

新蔵は大仰に頷いて、

「それでは、饅頭卵を作ってもらおう。蔵一の面子《メンツ》にかけて、どこぞの大尽などの土産よりも、格段に美味いのを拵《こしら》えろ」

「かしこまりました」

季蔵はおれんと共に厨へと向かった。

「卵なら、今朝、もとめたばかりのものがございます」

「こし餡は残っていますか？」

饅頭卵にはこし餡を使う。

「ええ、沢山作ったので残っております」

「それは有り難い」

季蔵は応えはしたものの、

――これでは時が稼げない――

夜光の珠についての手掛かりは、まだ、何も無かった。

「落とし物が見つかったら、奉公人たちが報せてくるでしょうに――」

おれんはため息をついた。

料理茶屋らしく、竈《かまど》の数が多い厨に板前の姿は無かった。

「大変なご事情を伺って、すぐに、厨の者たちも、探しに行かせました」

「このこし餡は女将さんが作られたのですか」

季蔵は味見をしたが、その味は小豆《あずき》の風味が際立って、まったりと上品に甘かった。

「とても美味しいです」

「菓子が好きなので、餡はよく煮るんです。素人芸《しろうとげい》をお褒めいただいてありがとうございます」

おれんは、恥ずかしそうに礼を言った。

季蔵は饅頭卵を作りはじめた。

饅頭卵について、長次郎はただ一言、以下のように書き遺していた。

饅頭卵　珍品張り子菓子、料理書万宝《まんぽう》料理秘密箱前編による

そこで季蔵は、〝卵百珍〟とも呼ばれた、天明五年（一七八五）に刊行されたこの料理書をひもといて、饅頭卵の作り方を知ったのであった。

六

「ゆで卵になさるんですね」

饅頭卵はまず、ゆでた卵をたてに切り、中の黄身を小匙《こさじ》で掻き出して、中を綺麗に洗う。片面ずつ、和紙に伏せ、水気を切っておく。

「使うのは、黄身の方ではないんですね」

おれんは目をぱちくりさせた。

「てっきり、黄身しぐれのように、コクのある黄身を使うのかと――」

黄身しぐれは裏漉ししてほぐしたゆで卵の黄身を、白餡、微塵粉《みじんこ》とよく混ぜ、その生地で小豆のこし餡を包んで蒸した、値の張る京生菓子である。

「饅頭卵の方は、白身が饅頭の皮の代わりになるんです」

「黄身を除いたあとにこし餡を詰めるんですね」

「その通り」

「お手伝いいたします」

小匙を手にしたおれんは、器用な手つきでこし餡をつめていきながら、

「片面と片面を貼《は》り合わせないと饅頭にならないのではと――」

不安な面持ちで季蔵を見た。

「糊代《のり》わりには」

――作り方は知っていたが、まだ、試したことはなかった――

餡を詰めた切り口に卵白をつけ、その面同士を貼り合わせて一つにした卵を、菜種《なたね》油を敷いた鉄鍋の上に置いて、焦げ目がつかないよう、弱火で焼いていく。

「このままだと、ゆで卵に見えてしまいますから」

七輪に火を熾《おこ》すと、金串《かなぐし》をかざして真っ赤に焼き、餡の詰まったゆで卵の頂きに焼き目をつけると、饅頭卵が出来上がった。

――なるほど、たしかに珍品張り子菓子だな――

季蔵が日記に書き遺されていた長次郎の言葉に感心していると、

「お内儀さんから、お手間をかけるだろうから、お手伝いするようにと言われてきました」

厨に蔵一の小女おさんが入ってきた。

――この娘が皆でここへ上がった時、蔵一のお内儀さんの胸元に夜光の珠があったと話して、與助さんへの疑いを深めたのか――

おさんは、年の頃は十四、五歳、頰《ほお》が真っ赤な上、ころころとよく肥えていて、垢抜《あかぬ》け

たところは微塵もない。一目で田舎《いなか》から出てきて間もないとわかった。

——嘘を言っているようには見えないな。となると、夜光の珠はここで無くなった、盗っ人のせいということになる——

季蔵は再び、苦い思いになった。

一方、おさんの言葉を受けて、おれんは、

「あら、でも、餡は詰め終わっているんですよ」

「でも、お内儀さんから手伝うようにと——」

おさんは困ったように季蔵を見た。

「それでは、貼り合わせた卵を片面ずつ焼くのを、手伝ってください」

——主に叱られては可哀想《かわいそう》だ——

「はい」

おさんは張り切って、ひび割れた手で餡入り卵の油焼きを始めた。

「焦がさないように焼くのがお上手ね」

おれんが褒めたそばから、

「あ、いけない」

おさんはこんがりと卵に色をつけてしまって、

「どうしよう」

青ざめたが、

「大丈夫よ、それ、最後の一つでしょ。お客様方の人数分より一つ、多くあるはずですから」

ねえと相づちをもとめられて季蔵が、笑顔で頷くと、

「それ、しまっといて、後でおあがりなさい」

おれんは近くにあった和紙を渡した。ぱっと目を輝かせたおさんは、

「いいんですか」

全体に焦げ目のついてしまった饅頭卵を、和紙に包んで懐に入れた。

「あったかい、幸せ」

胸に手を当てて、おさんは目を細めると、

「何だか、あたし――、行かなきゃ」

ただでさえ赤い顔をさらに赤くして、厨を出て行った。

「あの娘、手水《ちょうず》(厠《かわや》)へ行くふりをしていたけど、用を足すためじゃ、ないと思いますね」

おれんは微笑んだ。

「まだ温かい饅頭卵を食べるためですか」

「そうです、そうです。あたしもね、あの娘ぐらいの頃は、まだ色気より食い気。いつだって、食べ物のことばかり想ってました。味噌汁や漬物じゃない、美味しいもの、特に甘いものを、思いきり食べてみたいって――。だから、わかるんですよ」

――女将さんは思いやりのある人だ――

「菓子皿に盛りつけて離れまで運ぶのは、あの娘にやらせてやってください」

おれんはそうも言った。

するとそこへ、

「お夢を見なかったかね」

新蔵がぬっと顔を出した。

「手水へ行くと言って、部屋を出て行ったんだが、具合でも悪くしていると可哀想だ。案内してくれ」

「かしこまりました」

おれんは先に立って厨を出た。季蔵は新蔵の後に続いた。

——おさんとお内儀が厠で鉢合わせというわけだな——

そう思ったとたん、はっと閃《ひらめ》くものがあったが、

——まさか——

季蔵は俄に信じられなかったが、

——そうとしか、考えられない——

厠の前に立っているおさんを凝視した。顔からさーっと赤身が引いて、青ざめて見える。

「お夢はどこに居る？」

新蔵が叱りつけるように訊いた。

「ここに——」

おさんは厠の戸を指差した。

「具合が悪いはずだ。一人にしておいていいはずがない」

「すいません。でも、お内儀さんがそうなさりたいと――」

おさんは目を伏せた。

「つべこべ言うな」

憤《いきどお》った新蔵が厠の戸の取っ手に、手をかけようとすると、内側から開いて、

「旦那様、具合の悪さは治りました。ほれ、この通り」

両袖の端を握ったお夢が出てきて、にっこりと笑った。

しかし、そのお夢の手の指にこし餡が付いているのを、季蔵は見逃さなかった。

「お内儀さん、厠での饅頭卵のお味はいかがでしたか？」

季蔵が訊いた。

「はて、何のことでしょう」

お夢は眉一つ動かさず、華奢な首をかしげた。

「饅頭卵を手水で？　お夢がそんな無作法なことをするわけがない」

顔を顰《しか》めた新蔵は季蔵を睨み据えた。

「それなら――」

季蔵はおさん、お夢の前をすり抜けた。

「こうしてみましょう」

厠の戸が開けられた。

中に入った季蔵は、

「焦げた卵の匂いがしています。こし餡の甘い香りも少々。これはそこの娘さんが焦がした饅頭卵に間違いありません」

「そんな話をくどくどと並べて、何になるんだ？」

新蔵は季蔵の真意がはかれない。

「あたしです」

おさんの目は思い詰めている。

「お腹《なか》も空《す》いてたし、温かいうちにと、厠で饅頭卵を食べたのはあたし――」

「食い意地が張って卑《いや》しいにもほどがある。よくも主に恥を掻かせてくれたな」

新蔵は真っ赤になった。

「まあ、まあ、旦那様、お気を鎮めてください。この娘も悪気があってしたことではなし――」

お夢は得意の流し目で亭主を宥《なだ》めると、

「おまえがそんなにひもじかったとは――。知らなかったこととはいえ、許しておくれ」

ぽろりと一粒、涙をこぼして、

「そんなわけで、饅頭卵は今頃、おさんのお腹の中にあるんです」

季蔵に微笑んだ。

「いや、そうではありません」

きっぱりと言い切った季蔵は、

「饅頭卵はたしかにあなたの指が味わったはずです」

お夢を正面に見据えた。

お夢は、咄嗟《とっさ》に後ろに腕を回した。

「両手を見せてください」

念のため、季蔵はおさんに確かめた。

おさんの手はあかぎれとひびで埋まっていたが、どこにも餡らしきものは付いていなかった。

「ご主人」

季蔵は新蔵の方を向いて、

「お内儀さんの両袖と、懐の中を探してください。必ず、夜光の珠を見つけることができるはずです」

と促した。

七

季蔵の言葉にお夢の形相《ぎょうそう》が、がらりと変わって、

「料理人の分際で、出過ぎた真似《まね》を」

般若《はんにゃ》のように目尻が上がって、唇が醜く歪《ゆが》んだ。そして、

「旦那様、この不心得者をあたしの前から消して」

しっかりと胸元を手で押さえて、新蔵に懇願した時、急に吹いてきた風が両袖を斜めに持ち上げた。

ころんと床の上に、おさんが焦がした饅頭卵が転がって、たて二つに割れた。

「お夢、これはいったい――」

新蔵は唖然《あぜん》としている。

あわてたお夢は常の優雅な物腰からは、思いもつかない敏捷《びんしょう》さでこれを拾おうとした。

だが、瞬時の差で饅頭卵は季蔵の手にあった。

季蔵は掌に割れた饅頭卵の両身を載せた。片身ずつ、白身の穴に詰められたこし餡に指を差し入れて探った。

餡にまみれた小指の先ほどの球形から、季蔵は餡だけをこそげ取って、

「夜光の珠とはこれでしょう」

新蔵に見せた。

餡が抜けた後の半月形は、輝く白さの中にまばゆい七色の光を宿している。

「間違いない」

新蔵は大きく頷いた。

「どうぞ」

季蔵から夜光の珠を渡された新蔵は、

「お夢、まさか、おまえ——」

衝撃のあまり、声を震わせてお夢を凝視した。

「ええ、そうですよ」

お夢は開き直って、

「夜光の珠が盗まれたように見せかけたのはあたしです。全部、あたしが書いた筋書きでした。あたしがおさんにわざと、饅頭卵を焦がして、腹が空いてたまらないと言って、貰ってくるように命じたんです。これ以上ないと思うほど、上手く運んでいたというのに——。どうして、見破られたのか——」

お夢は口惜《くや》しそうにまた、顔を歪めた。

「あなたが厠の中に居ると聞き、前に立っていたおさんを見た時です。おさんが急いで饅頭卵を食べたのなら、口のあたりに餡が付いていてもおかしくなかったが、その様子はなかった」

「それで出てきたあたしの手に餡が付いてたんで、わかっちまったのね」

お夢は蓮《はす》っ葉《ぱ》に言い捨てた。

「どうして、おまえ、そんなことを。おまえの欲しがるものは、何でも与えてやってるじゃないか」

新蔵は恨みがましく詰《なじ》った。

「夜光の珠だって、おまえにやったもののはずだ」

「それでも、あたしの自由にはなりゃしません。夜光の珠に限らず、簪《かんざし》一本、着物一枚だって、おまえさんに買ってもらったものは、あたしが好きにはできないじゃないか。ケチなおまえさんときたら、いつも、あたしに目を光らせてて、高いお金で身請けした女が、勝手をしないよう見張ってる。そりゃあ、女郎の時には、堅気《かたぎ》のお内儀さんに憧《あこが》れたし、一度はそう、呼ばれてみたいと思いましたよ。でも、いざ、叶ってみると、すぐに飽きて、窮屈、退屈な毎日が嫌で嫌で仕方がなくなっちまったんだよ」

お夢はさっきまでとは打って変わった、はきはきとした物言いをした。

「たいがいにしろ」

新蔵は甲高《かんだか》く叫んだ。

「今まで、おまえには、夜光の珠の何倍もの金子《きんす》を注《つ》ぎ込んできたんだぞ。有り難いとは思わないのか」

お夢は無言でふんと鼻で笑うばかりである。

「この女、許せない」

新蔵の声は悲痛だった。

「女将」

こめかみに青筋を浮き出させた新蔵は、おれんの方を見た。

「番屋へ人をやって、夜光の珠の盗っ人が見つかったから、お縄にするように伝えてくれ。盗っ人は盗まれたはずの張本人、蔵一の内儀、夢。得意の寝技で客の懐から大枚を掠め取っていた、女郎だった頃の悪い癖が出たと、言い添えてくれてもいい」

「はい」

おれんは小さく頷いたが、すぐにはその場を動かない。

「何をもたもたしているんだ。早くしろ」

「ええ、でも――」

おれんの目は、

――このままですと、お内儀さんだけではなく、おさんまで罪に問われてしまいます。盗みの罪は悪くすると死罪、それではあまりにこの娘が哀れで――

季蔵に訴えている。

――與助さんの無実の証はたてられたし、夜光の珠は見つかったことだし、この件で犠牲になる人が出るのはよくない――

季蔵は、何とか、新蔵が番屋へ訴え出るのを止《や》めさせたいと思った。

――だが、これほど、怒っている人をどうやったら、宥めることができるのか――

すると、中庭に面した部屋の障子が開き、おき玖と與助が並んで縁側に立った。

「皆さん、たいそう大きなお声でしたので、すっかり、聞かせてもらいました。與助さんの無実の証が立って何よりだったわ」

言い放ったおき玖は季蔵に、

――季蔵さんのおかげよ――

目で礼を示した。

與助はお夢の方を見ている。

「あなたに一つ、伺いたいことがあるんです。隠した夜光の珠をどうするつもりだったんですか？」

「お金に換えるに決まってるでしょ」

「何のために？」

「知れたこと」

「そうだ。男のためだ。そうに決まってる」

新蔵が大声でわめき立てた。

「そうそう、その通り」

お夢はわざとらしく、頭《かぶり》を振り立てて頷いた。

「ところで、あなたはわたしに梅の花の話をしてくれましたね。梅の花は故郷や肉親を思い出すと――」

與助はお夢を見つめ続けている。

「よくある、哀《かな》しい女郎の身の上話をしただけよ」

お夢はしらっと言ってのけた。

「話をしている時、あなたの目は、たいそう思い詰めているように見えました。故郷の肉親のことで金が必要なのではないかと――」

「今更《いまさら》、誰が本当だと信じてくれるんです？」

知らずとお夢の目は新蔵に注がれていた。

「年老いたおとっつあんの具合が悪いと報せてきましてね。あたし、どうしても、死に目に会いたくて、江戸で指折りの新酒問屋の内儀になった姿を見せたくて――」

「そういえば、楼の主から、おまえの父親が病が高じて死んだからと、弔《とむら》いのための金を出させられたことがあった。父親がまだ、生きていたとは知らなんだ」

新蔵は狐《きつね》に抓《つま》まれたような表情になった。

「妓楼《ぎろう》のおやじさまは嘘の名人なんです」

「すると、おまえは孝行をしたくて、夜光の珠を金に換えようとしていたと言うんだな」

「ええ」

「それだけのためだな」

新蔵は念を押した。

「信じてはもらえないでしょうが」

「いやはや、早とちりをしたものだ」

新蔵はふーっと安堵に似たため息をついた。

「許してくれ、お夢。ただ、わたしはおまえをケチで見張ってたわけじゃない。おまえはどの女だ。いつ、わたしみたいな老いぼれを見限って、若い男と手と手を携えて逃げて行ってしまわないともかぎらない。それを想うと心配で心配で、一度など、おまえに見惚れていた若い手代《てだい》に暇を出したこともある。その後、察した他の奉公人たちが、おまえと話す時、目を合わせなくなったとわかってもまだ、不安は尽きない。おまえがいない余生など、もう、あっても仕様がないとまで思う毎日だ。それでついつい、うるさいことばかり言ってすまなかった。わたしの嫉妬《しっと》は度が過ぎていたのだろう。おまえは父親が生きていることも、見舞をしたいとさえも、言い出せなかったのだな。それで思い詰めて、こんなことまで。わたしが悪かった、この通りだ」

新蔵はお夢に向かって深々と頭を下げた。

第三話　吹立菜《ふきたちな》

一

雨はすっかり上がり、空が紫色に陰りはじめていた。春の夕闇《ゆうやみ》が迫っている。

――釣瓶《つるべ》落としの秋の夕暮れは物寂しいけれど、春の日の夕方は気持ちが浮き立つものね――

おき玖《く》は季蔵《としぞう》と亀可和《かめかわ》を出た。

「それにしてもよかったわ。こういうのを大団円というのだわね」

お夢《ゆめ》の心のうちがわかって、夜光の珠を隠したことを許した新蔵《しんぞう》は、

「女将《おかみ》さん、誰ぞを番屋に走らせたりしていないだろうね。それから、梅屋敷へ人をやって、もう、探すことはないと伝えてくれ。騒がせて悪かった。奉公人たちには日当を払います」

面目なさげではあったが、明るい口調で言い、

「おまえにだけは、ケチと言われたくないからな」

お夢に片目をつぶって見せて、

「あら、あたし、そんなこと言ったかしら？」

当人はふふっと笑って惚《とぼ》けてみせた。

もちろん、おさんに咎《とが》が及ぶようなこともなく終わった。

蔵一《くらいち》の主《あるじ》夫婦とおさんを見送った後、

「ご苦労様でした。ありがとうございました」

おれんは茶と付粉《つけこ》餅《もち》で二人を労《ねぎら》った。

季蔵たちが茶菓を楽しんでいるうちに、與助《よすけ》は亀可和を出て行った。

「本当にお世話になりました。いただいたも同然の命ですので、大事にしたいと思っております が、まずは、おとせのことを調べなくてはと思い、急がせていただきます」

挨拶《あいさつ》をした與助は、長年の島暮らしが祟《たた》ってか、くの字になりかけている身体《からだ》を前に傾け、精一杯、早足に立ち去って行った。

「與助さん、おとせさんの死んだ理由を突き止められるといいけれど」

「気になります」

「あら、季蔵さんも？」

「ええ。江戸の町も十年前と今では、様変わりしていますから、人を訪ね当てることも含めて、いろいろ調べるのは、さぞや、骨が折れることでしょう」

「季蔵さん、本当は與助さんの手伝いがしたかったんじゃない？」

「断られるとわかっていたので、なかなか切り出せませんでした」

「実はあたしもなの」

この一瞬、季蔵とおき玖は微笑《ほほえ》み合った。

「何とか、力になれないものかしら」

「江戸は広く、このような別れ方をしてしまうと、二度と袖《そで》はすりあわぬものです」

「與助さん、あたしたちが塩梅屋《あんばいや》に居ることはわかってるはずよね」

「それはもう」

「だったら、そのうち、思い出して、頼ってきてくれるかもしれない」

季蔵の口元がほころんだ。

「ねえ、一つ、訊《き》きたいことがあるんだけれど」

おき玖は春の夕だから、華やいだ気分になるのではなく、隣りを季蔵が歩いているからだということに気づいていない。いや、気づきたくなかった。季蔵への想《おも》いを自覚すると、必ず、病臥《びょうが》している瑠璃《るり》の痛々しい様子が頭をよぎって、後ろめたい罪の意識と、所詮《しょせん》は叶《かな》わぬ想いなのだという、いたたまれない切なさに苛《さいな》まれるからであった。

「何でしょう？」

季蔵は時折、立ち止まって、畦《あぜ》に生えている野草を摘み取っている。

「饅頭卵《まんじゅうたまご》のことなんだけど、どうして、お夢さんは、あれに夜光の珠を隠そうと思いついたのかしら? 草餅や普通のお饅頭でもよかったのに、なぜ?」

「草餅や饅頭では切り口を貼《は》り合わせることはしないので、それを割って、珠を隠すと、元のように戻せなくなって、周りに悟られるかもしれないと危ぶんだのでしょう。饅頭卵なら偽《いつわ》れます。それと、人というのは、変わった趣向のものが出されると、変わっているということの方に、より気がそそられるものです。夜光の珠の隠し場所と結びつけて考えられにくいと、思い立ったのではないかと思います」

「お夢さんて、綺麗《きれい》なだけじゃなくて、なかなかおつむがいいのね。悪知恵のためにおつむを働かせるのではなく、もっと報《むく》われることに使えばいいのに。たとえば、新酒屋の商《あきな》いのためとか――」

季蔵は応《こた》える代わりに、遠くにふわりと雲のように霞《かす》んでみえる、赤紫色の蓮華《れんげ》畑を指差した。蓮華畑には、夕日がきらきらとまばゆく輝いている。

「あら、極楽の蓮華みたい。近寄りがたいほどだわ」

「今はああして、浮き世離れして見える蓮華も若芽はお浸《ひた》しや汁の実、ざっと菜種《なたね》油で炒《いた》めると美味《おい》しい菜になるのですから」

――蔵一のご主人も器量だけじゃない、お夢さんのよいところを、だんだんわかっていくはずだと、季蔵さんは言いたいのだわ――

「あたしが蓮華だったら、お浸しや汁の実などになるだけで満足だわ」

思わず本音《ほんね》を口にして、

――何言ってるんだろう、あたし――

おき玖は蓮華の花のように赤く染まった頰《ほお》をうつむけて、

「お夢さんが付粉餅を撥《は》ねつけたのも、隠し場所に不向きだったからなのね」

きまりの悪さを誤魔化《ごまか》すために、元の話を蒸し返さずにはいられなかった。

「あれ、とっても美味しかったわ」

「そうでしたね」

ずっと見えていた蓮華畑がとうとう、見えなくなって、道行く二人が、うっすらと夕闇に取り込まれた時であった。

うーん、うーん――。

右手の畦の奥から、唸《うな》り声が聞こえてきた。

「今時分、何かしら？」

おき玖は怯《おび》えた。

「狼《おおかみ》じゃないわよね」

狼に限らず、犬、猫、猿等と、おき玖は虫の次に牙《きば》のある生きものが苦手であった。

ううっ、ううっ、ううっ――。

人が苦しむ声のようにも聞こえる。

「確かめてみましょう」

季蔵は立ち止まった。

「お嬢さんはここにいてください。わたしが見てきます。くれぐれも、ここを動かぬように」

季蔵は声のする方へと歩いて行った。おき玖は季蔵が姿を消した先をじっと見つめていた。季蔵はなかなか戻って来ない。だんだん呻《うめ》き声が低くなっていく。

――何か、あったのではないか――

案じて待つ時が長かった。

――もう、待てないわ――

おき玖は季蔵の後を追った。

屈《かが》み込んでいる季蔵の後ろ姿が見えた。聞こえていた呻き声が止《や》んでいる。

――無事ね、よかった。でも――

この人は背中をいつもこんな風にぴりぴりさせていたかしらと、おき玖は見知らぬ季蔵を見たような気がした。

――やはり、何かあった？――

季蔵が振り向いた。その素早い身のこなしにしても、見慣れない不思議さがあった。

「与助さんです」

季蔵はぽつりと言った。

「どうして、そんな――」

おき玖のかざした提灯《ちょうちん》の明かりに倒れている与助がくっきりと浮かび上がった。

「しっかりして、與助さん、しっかり」

必死に励ました。

「お願い、死なないで」

しかし、與助は苦悶《くもん》の表情のまま、

「ふ——き、ふき、た、たち——」

と繰り返した後、息が絶えた。

——何で元気に別れたばかりの與助さんの最期を、看取《みと》らなければならないの?、與助さんに何が起きたの?——

「與助さんの近くにこんなものが落ちていました」

呟《つぶや》いた季蔵は竹皮の包みを手にして、

「刀傷もなく、血も流れていませんから、たぶん——」

與助の口元を見ていた。

「お嬢さん、懐紙を」

季蔵は、與助の口を拭《ぬぐ》うと、

「これではないかと思います」

「餡《あん》が付いてるわ」

おき玖はぎょっとした。

「付粉餅?」

「そのようですね」

「あの時、急いでいた與助さんは、あたしたちと一緒に付粉餅を食べなかったわね」

「與助さんが女将さんに竹皮の包みを土産《みやげ》に渡され、礼を言っているのを聞きました。〝おれんさん、好物を覚えていてくれてありがとう〟と――」

「ということは、女将さんが與助さんに毒入りの付粉餅を、土産にもたせたというわけ？」

季蔵は黙って頷《うなず》いた。

「信じられないわ――」

――あの優しいはずの女将さんが――

季蔵も同感であった。

二

あたりはすっかり夕闇に包まれている。

「番屋に行くのは後にして、とにかく先に亀可和に戻ってみましょう」

二人は来た道を戻ることにした。

途中、亀可和で働いていた下足《げそく》番の老爺《ろうや》と出遭《であ》った。

老爺は吉次《きちじ》と名乗った。

「どうして、引き返してきなすったんだね？」

吉次は二人を見つめた。

「女将さんにお願いごとがあったことを思い出しまして」

季蔵は平静を装っている。

「具合でも悪いのかね」

吉次はおき玖を案じた。おき玖の顔は血の気が引いたままであった。

「歩いてたら、急に差し込みが――」

おき玖は腹を押さえた。

「何だ、願いごとというのは宿探しか。連れのお嬢さんの具合が悪くなって、帰れそうもないから、今夜一晩、亀可和に宿を借りたいってことなんだね」

「そうです。どうか、よろしく、お願いいたします」

季蔵は頭を下げた。

「それじゃあ、すぐに女将さんに取り次いでやろう」

吉次は二人と肩を並べて、亀可和へと戻った。

夜目に浮かぶ亀可和は梅の木をはじめとする庭の木々もろとも、春の闇の中に呑《の》み込まれているように見える。ただし、風がぴたりと止んだ嵐の後、梅の花が妖《あや》しいまでに強く香っていた。

「亀可和は昼間に限っての料理茶屋だ。夕方には奉公人たちも帰ってしまうから、女将さん一人で住んでいる。人のいい世話好きな人だから、あんたたちが泊まりたいと頼んだら、気持ちよく、泊めてくれるはずだ」

吉次は枝折り戸《しおど》越しに、灯《あか》りのついている部屋を指差した。

「あそこが女将さんの部屋だ。ちょいと待っててくんな」

吉次は勝手口から中へと入った。

すると、ほどなく、ばたんという大きな物音が聞こえた。

「見てきます」

季蔵は勝手口を開けた。

「あたしも行く」

強引におき玖は後についた。

厨《くりや》から廊下に出たところで、
女将の部屋から吉次が這《は》い出てきた。

「いてて」

駆け寄った二人に、

「た、大変なことに――」

吉次は腰のあたりを押さえつつ、悲鳴に似た声をあげた。

「大丈夫ですか？」

手を取って案じる季蔵に、

「め、目を回して、腰が――抜けただけだ。それより、お、女将さんが――」

「女将さんがどうしたのです？」

「し、死んでる」

「確かめてきます」

立ち上がろうとした季蔵に、

「行かねえでくれ」

怯えた様子の吉次は季蔵の手を放さない。

「大丈夫よ」

代わりにおき玖が吉次の手を握りしめた。

季蔵は女将の部屋に入った。

部屋の中ほどに、梅の木を描いた大屏風《びょうぶ》が倒れている。女将の姿は見えない。

——下足番は死んでいる女将さんを見て、気が動転してしまい、大屏風を倒してしまったのだろう——

季蔵は重い大屏風を引き上げ、立て直した。

畳の上に女将の血まみれの骸《むくろ》が見つかった。心《しん》の臓《ぞう》を一突きされている。畳に血が流れているだけではなく、屏風絵にまでも、吉次が倒した時付いた血糊《ちのり》とは別に、血のしぶいた跡があった。

念のため、季蔵は金子《きんす》のしまわれている手文庫を探した。手文庫は見当たらなかったが、簞笥《たんす》の引き出しを開けると、中には、金蒔絵《まきえ》の文箱《ふばこ》があり、蓋を取ると、見事な珊瑚《さんご》で細工した、梅の花をあしらった簪《かんざし》がしまわれていた。

——物盗《ものと》りだとしたら、これを見逃したことになる——

「何であんなにいい人がこんな目に——」

吉次は何度も目をしばたたかせている。

「だから、物盗りの仕業《しわざ》に決まってる」

吉次は決めつけていた。

「女将さんに、人に恨まれるようなことなぞ、なかったというわけですね」

「あの人に限ってあるわけねえ」

吉次は言い切った。

「女将さんの部屋にあった大屏風は逸品ですね」

季蔵はさりげなく吉次に水を向けた。

「名前のある絵師に頼んで描いてもらったって聞いた。あんな立派なものを倒して、汚しちまって。女将さんが、〝これは亀可和の証、あたしの宝《あかし》〟って言ってたのを聞いたことがある」

落ち着きを取り戻した吉次はしょんぼりとうなだれている。

「あの屏風が亀可和の証で宝とおっしゃるからには、女将さんはよほど、この亀可和に思い入れがおありだったのでしょう」

「それはそうさ」

「なのに、どうして、この梅見の時季、夜のもてなしをなさらないのかと——」

「そういやあ、そうだね」

吉次は頷いて、

「女将さんは庭や部屋の手入れ、料理にも熱心だったが、万事におっとりしてて、がつがつ商いをする性質《たち》じゃなかった。それで、〝とりたてて、熱心に客集めをするわけじゃなし、これだけの商いで亀可和はやっていけるのかねえ〟って首を捻《ひね》ってる奉公人たちもいるんだ。と言ったって、他所《よそ》よりも給金はいいんだから、よく言いやがるとは思うが」

「吉次さんは最後まで残って、仕事を片付けることが多い？」

「そうだね」

「今までで、お客さんがいなくなった後、何か気づいたことはありませんか？」

「うーん」

腕組みをして、しばらく考えこんでいた吉次は、

「そうだった」

はたと手を打って、

「婆《ばあ》さんが訪ねてきていたのを見たことがある。顔は覚えちゃいねえ。それから一度だけ、人相のよくない髭面《ひげづら》の大男を見た。あれはどう見ても、用心棒だよ」

「女将さんはその人たちについて、何か言ってはいませんでしたか？」

「何も。俺の方も聞きやしなかったしね」

「女将さんが親しくしていた人に心当たりはありませんか？」

「他の奉公人に聞けば、何かわかるかもしんねえが——」

——訊いてください——

季蔵の目がおき玖を促した。目で頷き返したおき玖は、

「女将さんの口から與助さんの話、聞いたことない？」

「あの凶状持《きょうじょうも》ちだってわかった男のことかい」

吉次は露骨に嫌な顔をした。

「客を連れてきた時は有り難《がて》えと思ったよ。けど、後で凶状持ちだって聞いて、とんだ疫《やく》病神《びょうがみ》だと思った。本人が女将さんとは昔馴染《なじ》みだと言ってたが、それだって、どこまで本当か——」

——この様子では吉次さん、何も知らないわ——

おき玖は季蔵と顔を見合わせ、口をつぐんだ。

吉次の帰りが遅いのを案じた伜《せがれ》が迎えにきた。大工の伜は一仕事終えて、ほろ酔い加減だったが、

「お願いがあります」

季蔵が事情を話し、番屋まで報《しら》せてほしいと頼むと、

「任せといてくれ」

一目散に走り出した。

「じきにお役人が来るそうです」

戻ってきた倅は、

「じゃ、あっしたちはこれで」

と吉次を促した。

親子が帰っていくと、

「亀戸から竪川《たてかわ》へ向かう畦道で與助さんが毒入りの付粉餅で殺された。下手人《げしゅにん》はたぶん、亀可和の女将さん。その女将さんも自分の部屋で殺されてしまった。短い間に二人もの見知った人たちが死んでしまったのね」

おき玖は沈んだ顔でため息を洩《も》らし、

「二人とも、とってもいい人だった。あたし、悲しい――」

ぽつりと呟いた。

三

しかし、ほどなく、

「悲しんでばかりはいられないわ」

おき玖は唇を噛《か》みしめた。

「何より口惜《くや》しい」

「わたしも同じ思いです」

――女将さんが與助さんを毒で殺《あや》めたのだとしたら、それにはよくよく理由があるはずだ。続いた二人の死には、深く恐ろしい謎《なぞ》があるのではないか？　できればこの件にお嬢さんを巻き込みたくない――

八丁堀から、北町奉行所同心田端宗太郎《たばたそうたろう》と松次《まつじ》が駆けつけるまで、事件の話に触れようとはしなかった。

「奇遇だな」

長身痩軀《そうく》の田端宗太郎は挨拶代わりにそう言った。顔色が悪く、表情の乏しい男で、酒を呑むほどに頭が冴《さ》える体質の酒豪だが、常から極端に口数が少なかった。

それでも、昨年、娘岡っ引きだった美代吉《みよきち》ことお美代を妻に迎えてからは、多少、愛想がよくなったともっぱらの評判である。

「まさか、こんなところで遭うとは思わなかったぜ」

田端のお手先を務めている岡っ引きの松次は、金壺眼《かなつぼまなこ》をぐりぐりさせて目を瞠《みは》った。一人娘を遠くへ嫁に出した松次は、酒は一滴も飲めない下戸《げこ》で、仕事の合間にしばしば塩梅屋を訪れるのは、黙々と酒を呑む田端の隣りで、ああだ、こうだと言いながら、好物の甘酒と美味《おい》しい肴《さかな》を堪能《たんのう》するのが目的であった。

「ここは梅にちなんだ昼膳がたいそう美味《うま》いと聞いてた。何でも、梅干しで煮上げた鰯《いわし》の煮付けが絶品だそうだ」

ちなみに松次はかなりの食通である。

うわけね――

　――だけど、今度ばかりは、季蔵さんの料理やお酒、甘酒の代わりに、肴は事件だとい
おき玖は辛口な思いを抱いた。塩梅屋に限らず、役人の飲み食いは役得と決まっていた
からである。

「女将が殺されたって？」

松次に促されて、季蔵は二人をおれんが死んでいる部屋へと案内した。

田端はおれんの骸と、畳の汚れ、季蔵が立て直した大屛風をじっくりと見比べて、

「大屛風の血しぶきは描いてある梅の木の根元よりやや上に見える。そして、畳に落ちている血の玉が丸い。女将は向かい合って座っていて相手に刺されたのだ」

はっきりと言い切った。

「田端の旦那がおっしゃるには、刺されて落ちた血の玉が丸い時は、向かい合って刺した、それが楕円《だえん》か、ぎざぎざだと、下手人が立ったまま、座ってる相手を刺したってことになるんだそうだよ」

松次が得意そうに話した。

「松次の心覚えを見せてもらっているうちに、血の玉の形と下手人の立ち位置に関わりがあることがわかった」

田端は言い添えた。

「すると、この場合、女将は親しくしていた相手に不意を突かれたということになります

ね」

季蔵は念を押した。

「その通り」

屈みこんだままの松次は、

「ほれ、ここだけ、畳が湿ってる。これはたぶん、茶がこぼれた痕《あと》ですぜ」

顔を近づけて、

「間違《まちげ》えねえ」

してやったりと鼻を蠢《うごめ》かした。

「湯呑み茶碗や茶托《ちゃたく》はありません。下手人が持ち帰ったのだとしたら、知り合いの仕業《しわざ》だということを隠すためでしょうか」

そうだと田端は頷いた。

「下手人は顔馴染みだ。金に詰まったか何かで、つい、出来心でやっちまったんだろう。となると、もう、決まったようなもんですね、旦那」

松次に相づちをもとめられた田端は、

「まあ、そんなところだろう」

「下手人はたいてい、殺されちまった者の近くにいるもんだ。初めに骸を見つけた奴が下手人だってこともよくある」

「まさか──」

季蔵は唖然《あぜん》とした。

「あの下足番の吉次に決まってるじゃねえか」

松次はあっさりと言ってのけた。

「どうして、また――」

「土地の若いのに、ここまで案内してきてもらう道すがら、田端の旦那が吉次の家のことをいろいろ訊きなさったんだよ。大工の息子は腕がよくて結構だが、一粒種の五歳になる男の子の具合がたいそうよくねえんだと。医者の診《み》たてじゃ、子どもの労咳《ろうがい》だとさ。朝鮮人参《にんじん》なぞの高い薬を飲ませて、うんと美味いものを食わせれば、よくなるかもしれねえって言われたそうだ。けど、下足番と大工を足したぐらいの稼ぎじゃどうにもならない。それを吉次はよくよく悩んで、酒に酔うと話してたってよ。可愛《かわい》い孫のことだけにたまらねえって、泣くんだそうだ。だから、金は喉《のど》から手が出るほど欲しかったはずだ」

――考えてもみなかった――

季蔵は盲点を突かれて狼狽《うろた》えた。

――吉次さんが金目当てに女将を刺し殺し、何食わぬ顔で帰ろうとしていたというのか。女将の骸は息絶えてから、そうはたっていなかった――

亀可和から帰路を急いでいた吉次は、女将を殺して、立ち去ろうとしていたのかもしれなかった。

「ここにあった手文庫が無くなっていましたが、吉次さんは持っていませんでした」

「吉次にとっちゃ、亀可和は勝手知ったる何とかだろう、庭でも虱潰《しらみつぶ》しに探せばきっと出てくる。その前に白状させてみせるがな」

松次は鼻でせせら笑った。

――しかし、あの腰を抜かしていた様子が芝居だったとは、どうしても思えない――

季蔵は、はたと吉次の着ていた、縞木綿《しまもめん》に思いが及んだ。

「吉次さんが女将さんを殺したのなら、返り血を浴びていたはずです。ところが、吉次さんは昼間と同じ粗末な縞木綿でしたが、血の痕はありませんでした」

「だとしたら、倅も一枚嚙んでる」

松次は同意をもとめるように、ちらっと田端の方を窺《うかが》った。

田端は腕組みをしたまま、目を閉じている。こうだと言い切りたいか、そうではないと糺《ただ》す時以外、無言を通すのがこの男の流儀であった。

――たしかに、そういうこともあり得るが――

松次は続けた。

「倅が女将を殺して手文庫を盗む間、吉次は見張りをしてたってことも考えられる。吉次だって、そうそう、いつも遅くまで、店に残っちゃいなかったっていうからな」

「吉次さんはいつも遅くなると――」

「そりゃあ、人に怪しまれねえよう、このところ、わざとそうしてたんだろうよ。いろいろ、倅と二人で仕組んでたのさ」

「しかし、女将さんが殺される少し前、人を殺していたとしたら、また、話は変わってくるはずです」

季蔵は與助殺しへと話を転じた。

「えっ」

田端の目が開いた。きらっと目を輝かせて、

「この近くの田んぼで見つかった骸のことか」

「はい」

季蔵が経緯を話して聞かせると、

「そこへ行くぞ。ちょうど帰り道だ」

すたすたと部屋を出て玄関へと向かった。

帰路の途中とあって、おき玖も田端たちと一緒であった。

「お嬢さんはもう、ご覧にならない方が――」

季蔵の言葉に、

「そうね、そうする。ここで待ってるわ」

おき玖は先へ進まずに立ち止まった。

三人は下っ引きと思われる若者が立っている場所まで歩いた。

「こりゃあ、ひでえな。おっと、もう蠅《はえ》がきやがった」

骸にかけられた筵《むしろ》をめくった松次は唸った。

――お嬢さんにこれを見せずに済んでよかった――

「この者が毒で死んだことはよくわかったが、なにゆえ、女将に殺されたと言い切れるのか？」

田端は鋭く訊いてきた。

四

「あれを」

季蔵はここを立ち去る時、小石を載せておいた竹皮を指差した。

「女将さんが與助さんに土産に持たせせた付粉餅が包まれていたものです。餡がまだこびりついていたはずで――」

提灯に照らしだされた竹皮の上には、真っ黒に蟻《あり》が固まって動かないでいる。

「なるほど、これで女将がこの男を殺めたと認めよう」

戸板にのせられた與助の遺骸を見送ると田端は踵《きびす》を返し、季蔵たちも後に続いた。

木原店に辿《たど》り着くと、

「二人の帰りが遅いんで、心配してたんだよお」

三吉《さんきち》がべそをかいていた。

「心配かけてすまなかったな」

季蔵に続き、おき玖も、

「ごめんね。三吉ちゃん。でも、掛行灯《かけあんどん》に火を入れ、暖簾《のれん》もだしておいてくれてありがとう」

三吉を労った。

「おいら、仕込みも一人でちゃんとやっといたよ」

今泣いたカラスがなんとやら、三吉に明るさが戻った。

「三吉、褒美に今夜は、もう上がっていいよ」

「でも――」

三吉は、いつのまにか床几《しょうぎ》に腰を下ろしている田端と松次に目を遣《や》った。

「大丈夫よ。下拵《したごしら》えをしておいてくれたんだもの。それだけで大助かりよ」

襷《たすき》をかけたおき玖は、早速、甘酒と酒の用意を始めた。

「じゃあ、お先に」

ようやく、三吉は帰り支度を始めた。

「気をつけてな」

田端が声をかけた。

「子どもだ、子どもだと思っていたが、一人前の口を利くようになりやがったな」

松次が微笑んだ。

――今日は本当に頑張ったな。三吉、ありがとう――

季蔵は三吉の背中を見つめながら、手早く、梅ご飯を握った。

松次は握り飯の後に甘酒を啜《すす》ったが、田端はかけつけ三杯の湯呑み酒を飲んでから、皿に手を伸ばした。

二人が人心地《ひとごこち》着いたところを見計らって、

「あたし、どうしても、信じられないんです。與助さんは女将さんとは昔馴染みだと言っていました。女将さんもなつかしそうにしていたんです。それなのに、どうして、女将さんは與助さんをあんな風に殺さなきゃ、ならなかったのかって――」

とうとう、おき玖はこらえていた胸のうちを吐き出した。

「おき玖ちゃんは若いねえ」

松次はしたり顔で片目をつぶって見せた。

「若いって、どういうことです?」

おき玖はムキになった。

「何でも、まっすぐに解釈しちまう。けど、それで見落とすことだってあるもんさ」

「見落としてなんか――」

「そういうところが、若《わけ》えんだよ」

「だって、與助さんが島送りになってた間、二人は長い間、会えなくて、やっと会えたんですよ」

「おいおい、そいつがよりによって、凶状持ちだったなんて聞いてないやね」

松次は季蔵を睨《にら》んだ。

「十年前のことですから、もしかして、親分は與助さんをご存じかもしれないと思いまして」

季蔵は骸になった今でも、信じている與助の過去は隠してやりたかった。

――人の罪を被《かぶ》ったわけなのだし――

「知らねえな。おおかた、南町の領分だったんだろう」

市中の治安を守るべく、南町と北町は交代で詮議、捕縛をすることになっている。

「與助さんの話では――」

おき玖は與助が無実だったという話をせずにはいられなかった。

「砺波屋《となみや》の若旦那は親を泣かすことばかりするんで、とうとう、分家させられたって話は聞いたことがある。辻褄《つじつま》の合わない話じゃねえな。だが、どのみち、島送りになってた與助が戻ってきて、昔馴染みの女将とやっと会えたってことに変わりはねえや」

聞いていたおき玖はあっと小さく叫んだ。

「もしかして、與助さんと女将さん――」

「そういうことさ」

松次はこともなげに頷いて、

「仏の姿しか知らねえが、あの二人の若い頃は、さぞかし、似合いだったろうよ」

見落としていたと季蔵は苦く思った。

「與助さんは娘さんが死んだ理由を探り当てたら、きっと成仏できるはずだから、その時自分もおかみさんや娘さんのところへ行くと言ってたわ」

「女将は独り者だ。女が独り身を通すのは、おき玖ちゃんならわかるだろう」

「女将さんは與助さんを好いていて、島から帰ってくるのを、首を長くして待ってたんだわ」

「けど、與助は娘のことばかりで、その先には死んだ女房がいる、女将の入る隙《すき》はねえんだ――」

――季蔵さんは、與助さんにお土産を渡している女将さんを見たというけれど、わたしはその前に、二人が納戸へ入って行くのを見たわ。今、思えば、二人ともたしかに、思い詰めた顔をしていた。あの時、女将さんは、自分のところに泊まってほしいと、與助さんにすがったのかもしれない。でも、與助さんの気持ちを変えることができなくて、思い余った女将さんは、あんなことを。でも、あたし、その気持ち、わからないでもない、女心に取り憑《つ》く魔物――

おき玖は思わず、ぶるっと我が身を震わせた。

――あたしも取り憑かれたらどうしよう――

「お嬢さん、そろそろ――」

季蔵が田端の空になった湯呑みを目で示した。駆けつけを終えた後、これからは燗酒《かんざけ》である。

「あら、やだ。あたしったら、肝心なことを――」

おき玖は燗の支度を始めた。

季蔵は揚げ物にとりかかった。田端のまだまだ長く続く酒には肴が欠かせない。

「そいつは、帰り道、季蔵さんがせっせと摘んでた草かい？」

松次はさっと洗って、笊《ざる》に上げてある野草を見た。

ヨモギ、ノニンジン、スイバの葉はお浸しにもできる。夏場、橙《だいだい》色の美しい花を咲かせるノカンゾウの白い茎は、甘くて美味しい。ノビルの丸い地下茎は、生のまま酢味噌《すみそ》で食べるのもおつだが、揚げると病みつきになるほど、濃厚な味の肴になる。黒い実を吹くとピーと鳴り、カラスの鳴き声のようであることから、名付けられたカラスノエンドウは、揚げ物にする葉に豆の味がする。

「摘み菜揚げとは春の風流だ」

「お待たせしました」

おき玖が徳利と猪口《ちょこ》の載った盆を運んできた。

「いろいろ工夫してみましたが、どんな野草でも美味しいのは揚げ物です。薄い衣をつけて、さっと揚げると、特有の香りや苦味が引き立って、格好の肴になります」

「天麩羅《てんぷら》のように、草にたっぷり衣を厚く付けるのは駄目か？」

田端が珍しく訊いてきた。

「旦那は野草がお嫌いでしたか？」

松次が案じたが、

「野草の香りや苦味は酒に合う。だが、これをお美代に言ったところ、三日にあげず、庭に生えるフキノトウの揚げ物が膳に上る。母は佃煮《つくだに》に煮ていたが、お美代は魚や海老《えび》の天麩羅のように揚げる。母は揚げ物が苦手だと言って食べぬので、わしが片付けることになるのだが——苦いのはまだしも、青臭くてかなわん」

田端はこれ以上はないと思われるほど苦い顔になった。お美代と夫婦になった田端が初めて洩《も》らした、自分の家の話であった。

「野草に天麩羅のような厚い衣をつけると、衣に遮《さえぎ》られて熱がそれほど通らず、半煮えではないにしろ、香りや苦味が強く残ります。野草の揚げ物の衣が、薄くなくてはいけないのは、熱が充分に通って、香りと苦味を適度に飛ばすためなのです」

季蔵は野草の揚げ物の秘訣《ひけつ》を話した。

「なるほど」

頷いた田端は苦い表情のままである。

「男勝《まさ》りだったお美代は、料理が得手《えて》でないことを引け目に思っている様子だ」

——そうだ、いいことを思いついた——

おき玖は心の中で手を打って、

「実はあたしもお美代さんと同じしくじりをしたことがあるんです。油で揚げるものは、全部、天麩羅だと思ってて——。その時、死んだおとっつあん、機嫌がよかったせいでしょうね、〝衣が厚いと綺麗な緑の青い色が見えないじゃないか〟って。不味《まず》いとは言わなかったんです。後で薄い方を食べてみてわかりましたけど。このあたしの話をしてくださいな」

「なるほど」

やっと田端は和《なご》んだ顔になった。

——おとっつあんは、嫁入り前の娘が、火傷《やけど》をしては大変だって、あたしに揚げ物はさせなかった。でも、ここは嘘も方便というものだわ——

おき玖もほっとしていた。

五

松次が野草の揚げ物を平らげたところで、

「亀可和の女将さんが與助さんを殺したのは、添い遂げられないとわかってのことだとお考えのようでしたが——」

季蔵は話を前に戻した。

「そうさね」

松次はおき玖の方を見て、同意をもとめた。おき玖はまた、胸がどきどきしてきた。

「女心のなせる罪だ」

「だとすると、どうして、女将さんは自分で與助さんの後を追わなかったんでしょう」

「そりゃあ——」

一瞬、言葉に詰まった松次だったが、

「そうするつもりでいたところを、病に苦しむ子どものため、盗っ人になり下がった吉次親子に殺されたんだ」

――だとしたら、女将さんは殺されてほっと出来たかもしれない――

「すると、二件の事件に関わりはないとお考えなのですね」

季蔵は田端に向かって言った。

「今のところはそのように見なすしかないだろう。すでに吉次親子を捕縛するよう命じてある。くわしい詮議はこれからになる」

田端の目は閉じられたままであった。

二人が店を出て行った後、季蔵は摘んできて、別の笊に分けてあった菜の花を器に取った。塩を振りかけて丹念に揉《も》んでいく。

「菜の花の塩漬けね」

菜の花の塩漬けは、長次郎が京へ出向いた折に作り方を習ってきた。花が咲きかけた菜の花を摘んで、塩揉みしてから酢で味を調えて仕上げる。

京の漬物屋では、今時分、夜なべで何甕《かめ》も作り、日持ちさせると聞いたが、塩梅屋流は浅漬けで翌日、客に振る舞う分だけ作る。

菜の花の心躍る緑と黄色は春の膳に欠かせない彩《いろど》りであった。

「與助さん、今際《いまわ》の際《きわ》に、〝ふ――き、ふき、た、たち――〟と洩らしてたでしょう？

あたし、あれが気にかかるの。きっと、ふきたちと言いたかったのよね。ふきたち——蕗、太刀？　葉が太刀に見えて、魔除《まよ》けになると言われる菖蒲《しょうぶ》なら、しょうぶたち——菖蒲、太刀で意味をなす言葉になるのだけれど」

おき玖は首をかしげた。

「わたしも気にかかっていました」

季蔵は九谷《くたに》焼の小皿を離れに探しに行って、戻ってくると、見事な色遣いで手鞠《てまり》が描かれているその器に、出来たばかりの菜の花の塩漬けを盛りつけて手を合わせた。

「せめて、ふきたちに代わればと——」

「季蔵さんはふきたちが何だか、知っているのね」

「とっつあんの日記にあったものですから。ふきたちとは——」

「どんな字を書くのかしら」

おき玖が紙と硯《すずり》を持ってきた。

そこに季蔵は吹立菜と書いた。

「青物だったのね。でも、聞いたことないわ」

「加賀の青物だそうです。青物の乏しい冬場から、早春にかけてのものだと書いてありました。塩漬けにして食べることが多いとも」

「道理で。加賀と越中は隣同士だから、それで與助さんの口から出たのね。越中者だった與助さんは、吹立菜について知ってたんだわ。與助さんの家では、種を故郷から江戸まで取り寄せ、育てて、食べていたかもしれないし。でも、あんな時の言葉よ。まさか、これの塩漬けを食べたいって、言い遺《のこ》したわけじゃないでしょう?」

「吹立菜は霜に当たったり、雪の上から踏まれたりすると、葉の中の甘みが増して、いっそう美味しくなるようです。てんば菜とも言われているのは、甕一杯に塩漬けにして重石《おもし》を載せても、茎を伸ばして花を咲かすほど強いからだそうだと、とっつあんも感心して書いていました」

「じゃあ、あの時の〝ふきたち〟は、與助さんの執念だったのね。どんなことがあっても、おとせさんが死んだ理由を知りたいという――」

頷いた季蔵は、

「それでわたしはこれを、吹立菜の塩漬けの代わりに」

もう一度手を合わせ、おき玖もそれに倣《なら》った。

「まだ、菜の花は手に入るし、せめて、與助さんの初七日までは、塩漬けを作りましょうよ」

おき玖が言い出して、塩梅屋では翌日、翌々日も、吹立菜代わりの菜の花で塩漬けが作られた。

松次はこれが大の好物で、季蔵が届けに行くと、

「こりゃあ、ありがてえ」

早速、目を細めた松次だったが、

「その後、いかがですか？」

季蔵が吉次親子の調べについて訊くと、

「それがどうもね」

笑顔が消えた。

「女将が殺された日、倅は建前酒《たてまえ》を振る舞われてた。仲間の大工が何人も、ずっと一緒だったと口を揃《そろ》えた。おまけに建前酒を振る舞った家から、吉次の長屋までは半刻《とき》（約一時間）はかかる。それから亀可和に吉次を迎えにきた。吉次の方は、おまえさんたちと出遭う前に、知り合いとすれ違ってる。着物は汚れていなかったそうだ。その上、亀可和の前を通った時、庭に人影を見たってえ、近所の爺《じい》さんまで出てきた。それで旦那は吉次親子をお解き放ちにした」

松次は口をへの字に曲げた。

――よかった。さすが、田端様だ――

季蔵は心《しん》からほっとして、松次の家を出た。

塩梅屋の油障子を開けると、床几《しょうぎ》に腰掛けている男の後ろ姿が見えた。

――お客さんにしては早い――

まだ九ツ半（午後一時頃）である。

――後ろ姿もまた人となりを映すというが、恐ろしいほど強く張り詰めた背中だ――

「ちょっと、季蔵さん」

中へ入ろうとする季蔵を、おき玖が出てきて、離れを隔てている忍冬《にんどう》の垣根まで引っぱっていった。

「あの男《ひと》のことで」

二人は離れで向かい合った。

「あの男が能代《のしろ》春慶《しゅんけい》の三段重提げ弁当だったのよ」

上気した顔のおき玖はあわてている。

「まあ、落ち着いて、初めから話してください」

「そうだったわ。あたしったら、あんまり、驚いたもんだから」

おき玖は、はーっと大きく息を吐き出してから、

「季蔵さんが松次親分に菜の花の塩漬けを届けに出かけて、半刻（約一時間）ほどした頃だったわ。あの男が入ってきたの。三吉は最初、お客さんだと思ったんでしょ。うちは暮れ六ツからだと言って、帰って貰《もら》おうとしたのよ。そうしたら、〝長次郎《ちょうじろう》さんはどうしてなさる？〟って、おとっつあんのことを訊いたんで、二階にいたあたしに報せに来て、お話を聞くことになったのよ」

「能代春慶三段重提げ弁当の話が出たのですね」

「あの男、儀平次《ぎへいじ》っていうそうなんだけど、高輪《たかなわ》南町で越中料理の小さな店をやってるそうなの。その儀平次さんは、十年近く前、おとっつあんに注文したそうなのよ。今度訪ね

てきた時には、能代春慶の三段重提げに、塩梅屋の美味い肴や飯を詰めてくれって――。そんな注文、あたし、全然聞いてなかったから、びっくり――」

「とっつあんが、亡くなっていることは、おっしゃったんでしょう?」

「もちろん。そうしたら、儀平次さん、今の主に注文を引き継いでもらいたいって――。それで、ああして、季蔵さんの帰りを待ってたのよ」

「お会いしてみます」

「ここへお呼びするわ。きっと、おとっつあんの仏壇にも、お線香を上げたいでしょうから」

こうして、ほどなく、季蔵は儀平次と顔を合わすことになった。

挨拶を済ませて、長次郎の仏前に手を合わせた儀平次は、年の頃は季蔵よりも五つ、六つ上の三十路半《みそじなか》ばで、強靱《きょうじん》な意志力を感じさせる浅黒い骨ばった顔の持ち主だった。

――この人は、一度、決めたことは、決して、諦《あきら》めずにやり通す人だ――

季蔵は覚悟した。

思った通り、

「お話はすでに、お嬢様からお聞きになっておられることと思います。どうか、お願いします。この通りです」

平伏した儀平次の物腰は、丁寧この上なかったが、有無《うむ》を言わせぬ強さがあった。

儀平次の持ち合わせている緊張で、座っている畳までもが、びりびりと震えているかのようだった。

「わかりました」

季蔵は承諾した。

「ただし、わたしは先代と違って、駆け出しの身です。ですから、ただただ、一生懸命、やらせていただくだけです。それでよろしいのでしたら、引き継がせていただきます」

「ありがとうございます」

儀平次は再び、頭《こうべ》を垂《た》れた。

「引き継ぐに当たって、どうしても、お訊《たず》ねしたいことがあります」

季蔵の言葉に、相手は困惑の表情を隠せないまま頷いた。

「先代長次郎の書き遺した日記に、〝能代春慶、三段重提げ弁当、梅見鰤《ぶり》、ひとり膳〟とありました。これに何か、心当たりはありませんか?」

六

「そうでしたか。長次郎さんはそんなことを――」

感無量の面持《おもも》ちで儀平次はしばし、言葉を失った。

「先代は春慶塗に凝っていて、飛騨《ひだ》春慶の松花堂と、能代春慶の三段重箱をもとめていたのですが、なぜか、能代春慶の方は使わず終《じま》いでした。しかも、三段もの重箱に詰め込んだ料理を、どうして、ひとり膳と言えるのかと、さんざん、頭を捻《ひね》ってみましたが、わからずにおります」

「厚かましいお願いではありますが、その能代春慶を見せていただけませんか」

季蔵は納戸へ立つと、その三段重箱を取りだして、儀平次の目の前に置いた。

「そうそう、たしかにこれでした」

「ご覧になっておられたのですね」

「長次郎さんが見せてくれたのです。大枚をはたいたが惜しくない、これほど料理を引き立たせる塗りの重箱は、どこを探してもありはしないだろうと、子どものようにはしゃいで、うれしくてならない様子でした」

――器も料理のうちと言われる。ひとり膳とあったのは、他人《ひと》には分かちあたえない、自分一人のものにするという意味だったのかもしれない――

ちらっとそんな思いが頭を掠《かす》めたが、

――違うな。とっつあんはそんな人じゃなかった。世の中は辛《つら》いことばかりだから、せめて、料理で幸せを分けたいと口癖のように言っていた――

季蔵はますます、わからなくなった。

「長次郎さんはわたしに、〝この重箱はこのましまっておいて、あんたの大事な時に使う〟とおっしゃったのです。わたしも店を営んでいるのでよくわかりますが、とかく、料理人は気に入った器を使いたいものです。それを堪《こら》えてくださり、おっしゃった通りにしてくださっていたとは――」

儀平次は目をしばたたかせた。

——この人とっつあんの間には、いったい、何があったのだろう。きっと、よほど、深いことにちがいない——

「先代とはいつ？」

「わたしたちは、砺波屋で顔を合わせたのです。十年前のことです」

「本郷の薬種問屋の砺波屋ですね」

季蔵は念を押した。

「そうです」

——十年前の砺波屋といえば、與助さんが若旦那の罪を被《かぶ》った頃だ——

「当時、南町務めだったわたしは、命じられて、砺波屋に入り込んでおりました」

「隠密廻《おんみつまわ》りだった？　あなたが？」

「用心棒として。女主人の砺波屋では用心棒が常に雇われていたのです。働き盛りを見込まれて、大きなお役目を仰《おお》せつかったのでした」

「奉行所のお役人が探らなければならないほどのことが、砺波屋さんにあったのですか？」

「砺波屋の芳太郎《よしたろう》が、五年ほど前から病で臥《ふ》しているお内儀《かみ》の目を盗み、生薬《しょうやく》の積み荷に、御禁制の阿片《アヘン》を混ぜているらしいという噂《うわさ》があったのです。わたしの役目は芳太郎に取り入って、どんな手段を弄《ろう》しても、真偽を確かめることでした」

「それで真偽のほどは？」

「お恥ずかしい」

儀平次は顔を伏せた。

「何があったのです？」

「やはり、手段は選ばなければなりません。わたしは、ミイラ取りがミイラになるという諺《ことわざ》通りになってしまいました。幼い頃から想っていた遠縁の娘に、心のうちを打ち明けられぬまま、他家へ嫁がれてしまい、まだ、日が浅かったことも痛手だったのですが、そんな事情は言い訳になどなりません。わたしは芳太郎が勧める阿片の虜《とりこ》になってしまいました。決められた廃寺へと足を向けて、阿片を吸わないと、芳太郎の仲間にはしてもらえなかったのです。もっとも、芳太郎自身は、酒一辺倒で、短期に身も心もぼろぼろになるとわかっている阿片には、決して、手を出さなかったのです」

「あなたが阿片をですか？」

――中毒になって、苦しみ悶《もだ》え死ぬ阿片は、人を桃源郷《とうげんきょう》に誘《いざな》った後、地獄へ突き落とすという――

季蔵は儀平次をまじまじと見つめた。真摯《しんし》なまなざしは、狂気ゆえの苦しみはどこにも宿していなかったが、深い悔恨を背負い続けているように見える。

「お役目はどうされたのです？」

「寝ても覚めても、わたしの頭にあるのは阿片のことでした。芳太郎を捕らえてしまえば、阿片を手に入れることができません」

「お上に偽りを伝えたのですね」

「今のところ、芳太郎は我が儘《まま》が目に余り、母親や奉公人が難儀しているだけのことだと報せました」

「そんな時、先代が鰤尽くしの出張料理で砺波屋を訪れた――」

「そうです。病が重く、もう幾許《いくばく》もないお内儀さんが、最後の鰤膳にしたいと、特上の郷里の味を望まれたのだと聞きました」

「先代は砺波屋の鰤尽くしを潮に、鰤料理は松花堂の梅見鰤、鰤の照り焼きしか、作らなくなりました。いったい、砺波屋で何があったのでしょう」

「芳太郎は常に、二重、三重に、砺波屋の大看板に守られていて、容易には詮議できなかったのです。女手とはいえ、元気だった頃のお内儀は、南北両奉行所内だけではなく、老中にまで及ぶ、広く厚い人脈を掌握していたからです。ですから、何としても、悪事の証には、確固たるものが必要だったのです」

「阿片の密売にお内儀も関わっていたのでは？」

「それはあり得ません。そうだったとしたら、砺波屋はとっくの昔に取り潰されていたはずです。ただし、臥したまま、死期が近づいてきた頃は、わが子がとんでもないことをしていると、薄々、気がついていたのかもしれませんが――。それまでは、ただただ、性根《しょうね》の腐った一人息子を何とかしたいと思う母親の情と、気前よく振る舞う金品に、ついつい、お上や義理のある方々が負けて、乱暴な振る舞いや狼藉《ろうぜき》の数々を目こぼししてきたのです」

「お内儀の命が残り少ないとわかり、もう、そろそろいいだろうと、しびれを切らしたお上が、芳太郎と阿片退治に乗り出したというわけですね」

――ということは、與助さんに罪の無いことがわかっていて、お上は島送りにしたのか――

季蔵は腹立たしくなった。

――とっつぁんはこれについて、どこまで、知っていたのだろうか――

「先代の鰤尽くしはいかがでしたか？」

ひとまずは料理に話を向けた。

「結構でしたよ、お内儀さんはもとより、皆、大喜びしていました。鰤というのは、意外に料理に工夫のできない魚なのです。刺身に下ろして、あらを大根と炊き、切り身は焼き物にすると決まっています。素材勝負というか、そのままで十分美味《うま》いわけです。わたしは当時から、料理は食べるのも作るのも大好きでした。それで、厨に入り込み、長次郎さんの包丁捌《さば》きを見せて頂くことにしたのです。ところが、長次郎さんは相模《さがみ》から届いた大鰤を、すぐには捌こうとせず、まずは、奉公人たちに試しに作ってみたのだと言って、持参なさったかぶら寿司をふるまいました。〝鰤尽くしにかぶら寿司は欠かせないものでしょう。まずは故郷の味をどうぞ〟と笑顔でおっしゃって――」

七

「かぶら寿司をご存じですか？」

「近江《おうみ》の鮒鮨《ふなずし》に似たものでしょう？」

かぶら寿司については長次郎の日記にこうあった。

かぶら寿司　塩漬けした蕪《かぶ》に塩鰤を挟み、米飯を加え、そのまま二十五日ほど置いて食する。

鮒鮨などと同様の熟《な》れ鮨の一種。

熟れ鮨は鮮度のいい魚の刺身を、握った飯の上に載せて食べる、早鮨《はやずし》とも言われた江戸前寿司の原型である。

「奉公人の皆さんは、ほとんどの方が越中出身でしょうから、さぞかし、気の利いたお土産だったはずです」

「ところが、奉公人たちは箸《はし》を伸ばさないのです。長次郎さんはお内儀さんの口に入る分は別に用意していました。ですから、断じて、遠慮などではありません。わたしは阿片に冒《おか》されてからというもの、いつも身体が熱っぽくて、口の中が乾いた感じでしたので、鮨の酸味も悪くない気がして、箸を伸ばしました。初めてのかぶら寿司でした。酸味より蕪と鰤が相俟《あいま》って、醸《かも》し出す味わいがたいそう美味かったので、思わず、〝かぶら寿司を食べなけりゃ、越中の鰤通とは言えないぞ、皆、早く食べろ〟と言いました。それでも、奉公人たちは箸を手に取ろうとしないのです。女たちにしても、お内儀さんの分を皿に移そうとしないのです」

――まさか、毒が仕込まれていると思って、用心したわけではないだろうに――

「わからない謎ですね」

季蔵は焦《じ》れた。早く、その理由が知りたい。

「そこへたまたま、飛脚《ひきゃく》が加賀からの荷を運んできました。着いたばかりの荷の中に、〝加賀名物　かぶらずし〟と書かれたものがあったのです」

「かぶら寿司は加賀の名物であって、越中のものではないというわけでしたか――」

――それでも、鰤漁で名高い越中には、たとえ、隣国の加賀で考案されたものとはいえ、かぶら寿司が伝わっているはずだ。鰤の出回る時季には、必ず、家々の食膳に上るであろうに――。ようは、越中者の食の矜持《きょうじ》だな――

なるほどと、季蔵は納得しかけた。

「もとより、〝加賀名物　かぶらずし〟は到来物ではなく、砺波屋が加賀から、わざわざ取り寄せた品でした。毎年、この時季はそうしているという話なのです」

――また、わからなくなった――

知らずと季蔵は、うーんと腕組みしていた。ただし、一つ、はっきりわかったことがある。

「〝加賀名物　かぶらずし〟は絶品なのでしょう」

「それは間違いありません。この時、長次郎さんは、〝お内儀さんのお許しをいただきますから、加賀名物、かぶらずしを一口、味わわせてください〟と、居合わせていた大番頭さんに頼みました。そして、箱が開けられ、加賀のかぶら寿司を口にした長次郎さんは、ぱっと顔が輝いたのは一瞬で、次には、これ以上はあり得ないというような落胆ぶりで、〝わたしとしたことが、何とまあ、身の程知らずだったことか――。ただただ、お恥ずかしい。どうか、これは持ち帰らせてください〟とおっしゃり、ご自身のかぶら寿司が入った折箱を風呂敷に包んでしまわれました」

「先代はその時、自分の作ったかぶら寿司が、〝加賀名物　かぶらずし〟に遠く及ばないとわかったのですね」

――これは相当のものだ――

同じ料理人として、季蔵は長次郎の口惜《くや》しさが手に取るようにわかった。

――それで、とっつあんは鰤尽くしを封印したのだろうが――しかし――

凝《こ》り性《しょう》と負けず嫌いで、何度も繰り返して同じ料理を作り続け、秘訣を我がものとするのが長次郎の料理道であった。

――これしきのことで、諦めてしまうなど、あのとっつあんらしくない――

「うちは越中料理を看板にしてるので、飛驒鰤がいいとわかっていても、たいていの鰤料理は相模もので作ります」

飛驒鰤は飛驒街道、越中街道を経て運ばれてくるいわば越中鰤の塩漬けで、さらに中山《なかせん》道《どう》を通って江戸に入ることもあった。道中、険しい山越えもあるので、その値打ちは計りしれなかった。

「かぶらずしに限って、相模ものは適さないと――」

「相模ものは魚肉の紅色が濃いのですが、越中から来る飛驒鰤は、白身に一滴、二滴、紅を落としたかのような、美人の顔を思わせる色です。飛驒鰤は比較にならないほど脂がよくのっている。これは、越中の海の水が冷たいせいと、食べている餌《えさ》の違いです。飛驒鰤は一見、この江戸では、犬の餌にするか、捨てることの多い、鮪《まぐろ》の脂身に似ていますが、鮪の脂身のような臭みが全くないのです。まさに、魚の大将、ここにありです。ところが、脂の少ない相模の鰤では、鰤よりも蕪の味が勝《まさ》ってしまい、飛驒鰤で作るような濃厚にして、何とも深い美味が、かぶら寿司に出ないのです」

――飛驒鰤を手に入れるのは至難の業《わざ》だと知っていたので、鰤尽くしと縁を切ったとっつあんが、梅見鰤、鰤の照り焼きだけは作り続けたのはなぜか？――

「相模鰤の焼き物には、照り焼きが向いていると、長次郎さんから教えていただきました。この時の尽くしの焼き物も照り焼きでした。他にも、料理について、いろいろ、教えていただけて、どんなに有り難かったか、しれません」

声を詰まらせた儀平次は、目を膝に落とした。

「あなたが料理人になった経緯をまだ、お聞きしていません」

季蔵は先を促した。

――とっつあんが、鰤尽くしを断った理由はよくわかったが、〝能代春慶三段重提げ弁当、梅見鰤、ひとり膳〟の謎はまだ解けていない。これからだ——

「阿片に溺《おぼ》れた身から立ち直るのは、さぞかし、大変な努力だったはずです」

「帰り際、長次郎さんは、〝しっかりしろ、料理という道標《みちしるべ》がある以上、きっと、やり遂げられる、気持ちを強く持て〟と励ましてくれました、そして、わたしの耳元に口を寄せて、〝何も見なかった、聞かなかったことにする。昔のだいのじになって、わたしと料理の話がしたくなったら、いつでもおいでなさい〟と言ってくれました」

「すぐに行かれたのですか？」

「いいえ」

儀平次は、

「情けないことに、阿片でまた、ふわふわと夢幻境を彷徨《さまよ》うようになると、すっかり、長次郎さんの言葉を忘れてしまったのです」

片手に固めた拳で額を叩いた。

「実に駄目な奴だったんです、わたしは」

第四話　ひとり膳

一

「それでは、あなたが立ち直ろうとしたきっかけは何だったのです？」

「與助《よすけ》という新参の手代が、夏祭りの折、酒に酔っての喧嘩《けんか》で、芳太郎《よしたろう》が犯した人殺しの罪を被《かぶ》り、南町奉行所に名乗り出ました。重病のお内儀《かみ》さんが泣いて身代わりを頼んだということでした。これを聞いて、わたしは、何とも、言い様のない怒りが湧《わ》き上がってきたのです」

「お役目を思い出したのですね」

「阿片はこのわたしから、人としての良心を、根こそぎ奪い去ってはいなかったのです」

「それで、あなたは先代を訪ねる決心をなさった」

「はい」

「あなたに砺《と》波屋《なみや》を探らせた南町の上司に、この経緯を話すつもりはなかったのですか？」

――まずは、それが筋ではないか――

「そうあるべきとは思いましたが、阿片ごときに溺《おぼ》れた我が身が恥ずかしくてならず――」

儀平次《ぎへいじ》は頭《こうべ》を垂れた。

――とっつあんはこの男に何と助言したのだろう。お役目に忠実であれとは言わなかったのだろうか？――

「長次郎《ちょうじろう》さんは同心だった時の話をしてくれました。長次郎さんには最初《はな》っから、わたしが何者か分かっていたそうです。そう言われた時、どんなにわたしが驚いたか――。わたしも長次郎さんも同じ八丁堀育ち。わたしはずっと年下で、長次郎さんは子どもだった頃のわたしを忘れていなかったのです。これで、砺波屋での長次郎さんの最後の言葉に得心がいきました。わたしの生家は大井上《おおいのうえ》と言います。父もわたしもだいのじと呼ばれていたのです。それで長次郎さんはわたしをだいのじと親しげに呼んでくれたのです。そんな長次郎さんでしたから、なぜお役目を返上して料理人になったかについても話してくれました」

季蔵《としぞう》は耳をそばだてた。

――まさか、この男にとっつあんはあのことを――

裏稼業の話をしていたのだろうかと気にかかった。

「何でも、二十余年ほど前、市中で何人もの放蕩者《ほうとうもの》が、次々に殺される事件が起きたそうです」

――どうやら、裏のことは洩《も》らしていなかったようだが、この話は聞いていない――

季蔵は少々、寂しい思いがした。

「当時、長次郎さんは、続く殺しと、その何年か前に、川で亡くなった呉服屋のお内儀を結びつけ、お内儀の死は事故ではなく下手人は呉服屋の娘だと突き止めました。娘は男狂いだった母親に看取《みと》られることもなく病死した、父親の仇《かたき》を討っていたのです。ところが、長次郎さんは、いつしか、亡き父を想《おも》う娘の復讐《ふくしゅう》心に共感を覚えていました。この娘に惚《ほ》れてしまって、お縄にすることができなくなったそうです。娘も同じ気持ちだとわかって、長次郎さんは、たとえ、その日暮らしでもいいから、所帯を持って、市井《しせい》に生きたいと願ったそうです。娘への長次郎さんの思いはそれほど強いものだったのですよ。どんな理由であれ、人を殺《あや》めれば死罪です。だが、想う相手を刑場へ送ることなどできはしない、二人一緒でなければ、この先、生きていけそうにないとまで、思い詰めたのだと話してくれました。それで、考えついたのが料理を生業《なりわい》にすることだったそうです。子どもの頃から厨《くりや》を覗《のぞ》いては、母親に叱《しか》られるほど食べ物や料理が好きだったとか――」

――とっつあんが色恋のために、お役目に背《そむ》いていたとは――

「人は自分が生きるため、一生に一度くらい、お役目や大義に反してもいいのではないかと、長次郎さんはおっしゃってくださいました」

季蔵はふと、自分が鷲尾《わしお》家出奔《しゅっぽん》の事情を話した時の長次郎を思い出していた。

――あの時のとっつあんの目もそう言っていた――

「長次郎さんは奉行所に伝手《つて》がある様子で、芳太郎についても調べてくれました」

――伝手というのは北町奉行、烏谷椋十郎《からすだにりょうじゅうろう》だな。十年前のとっつあんなら、すでに、御奉行の下《もと》で隠れ者の務めを果たしていたはずだ――

「長次郎さんの調べによれば、もし、わたしが芳太郎の罪を上へ伝えたとしても、阿片中毒者の世迷《よま》い言《ごと》か、戯言《たわごと》だと一笑に付され、芳太郎がお縄になって罰を受けるとは考えられないということでした」

「南町奉行所は、芳太郎の悪事の動かぬ証《あかし》を摑《つか》むつもりで、あなたに探らせたのではなかったのですか？」

「前にも申しましたように、死に瀕《ひん》したお内儀さんの唯一の願いは、砺波屋から縄付きを出さずに、大店《おおだな》の暖簾《のれん》を守り切ることでした。それゆえ、自分の死後は、芳太郎を分家させ、跡は娘婿に継がせることに決めたのです。そして、それまでに、芳太郎の行状が禍《わざわい》して、何か降り掛かってくれば、すぐにも、第二、第三の與助を身代わりに立てる算段だったにちがいありません。お内儀さんは、一蔵、二蔵――、今までとは比較にならないほどのお宝を投じて、南町奉行所内だけではなく、目付《めつけ》や新しく決まった老中にまで頼み込んでいたのです。こうなれば、もう、わたしの働きなど無意味です。わたしは與助が島送りになると沙汰があった夜、誰にも告げずに砺波屋を離れました。正直、こんなものかと、御政道《ごせいどう》というものが不可解でならず、不審にも感じたのです。こうして、わたしはお役目も同心の身分も捨てたのです。阿片を断つため、長次郎さんの勧めでしばらくは小石川養生所におりました」

「料理がお好きで、包丁を生きる支えになさったことはよくわかりました。しかし、なにゆえ、越中料理の店を営まれたのですか？　砺波屋でのことは、料理も含めて、忘れたかったのでは？」

「わたしは半年近く、砺波屋におりましたから、與助とも顔を合わせていました。普段の與助は、誰に対しても、丁寧な物腰の男でしたが、芯《しん》は強く、粗暴な用心棒を演じていたわたしが、小僧に無理を言い付けたり、怒鳴り散らしたりすると、わたしの刀を恐れず、庇《かば》い立てする男気がありました。養生所にいる間、その與助が始終、夢に出てくるのです。怒っているわけでも、恨み深い顔でいるわけでもありません。與助も越中者でしたから、かぶら寿司や鰤《ぶり》の照り焼きを、たいそう美味《うま》そうに食べているのです。その夢の繰り返しでした。どうして、そんな夢を見るのか――。思い余って、わたしは見舞に来てくれた長次郎さんに相談したのです」

「先代は何と言っていましたか？」

「〝これはきっと、決して口に出来ない、與助さんの無念の想いなのでしょう〟と呟《つぶや》き、わたしは、養生所を出たら、越中料理の店を開こうと決めました。この先、生き続ける限り、わたしの力ではどうにもしてやれなかった與助の無念を、忘れてはならないと肝《きも》に銘じたからです」

――この人はずっと、負い目を抱いて生きてきたのだ――

「さて、おおよその見当は、すでに、ついていることと思いますが、いよいよ、〝能代春慶《のしろしゅんけい》三段重提げ弁当、梅見鰤、ひとり膳〟になります」

「あなたは與助さんを待つことにしたのですね」

「はい」

儀平次の緊張した面持ちは変わらない。

——料理がここまで支えになるとは——

季蔵は感無量であった。

儀平次は先を続けた。

「すると、長次郎さんは、目をしばたたかせて、〝あなたのお気持ち、よくわかります。わたしも重ねて、願《がん》をかけさせていただきましょう。たしかに、鳥も通わぬ遠い八丈は、何から何まで、不自由するところだと聞いています。ましてや、與助さんは罪人——。ですから、ここにある能代春慶の三段重提げ弁当箱を、このまま使わずにおきます。そして、與助さんが戻ってきたら、梅見の頃、思う存分、鰤料理を詰めて、好き放題に食べていただくといたしましょう〟と——。わたしはその言葉が、どれだけ、うれしく支えになったか——。八丈へ送られたら最後、島の生活は厳しく、生き長らえて戻れる者は多くないと知っていましたので、わたし一人の想いでは、足りないように思えましたし——」

その時のことを思い出したのだろう、知らずと儀平次は目を潤ませていた。

二

「その後、先代とは？」

「最初の二年ほどは文《ふみ》のやりとりがありましたが、その後はそれさえ絶えていました。店の切り盛りに苦労していたからです。何とか、商いが上向きになったのは二年ほど前のことでした。ただ、あの長次郎さんのことです。與助が赦免で戻ってきた後の約束は、決して、忘れてはおられないだろうと信じていました。しかし、まさか、亡くなってしまっていようとは――」

「與助さんの身内を気にされたことは？」

――この人はおとせさんの末路を知らないのだろうか？――

「與助が島送りになった後、養生所に見舞に来た長次郎さんが、おとせという名の與助の一人娘が、砺波屋に引き取られたと話していました。〝これで、あなたもいくぶん、肩の荷が下りただろう〟と。そして、最近、與助が御赦免船に乗って戻ってくる話を、風の便りで聞きました。與助が戻ってきて、生きて会うことができたと、誰よりも喜ぶのは、きっと娘のおとせちゃんでしょうね。わたしは、長次郎さんの料理で祝おうとしました」

　儀平次の顔がほころんだ。

「砺波屋で訊《き》けば、おとせちゃんの嫁ぎ先を教えてもらえるでしょう。與助は島帰りの身を恥じて、正面切って、娘と再会できないかもしれない。今後、どうやって暮らしたものかと、途方に暮れているかもしれない。やっと、このわたしが力になれるのです」

――この人は何も知らないのだ――

見舞った折、おとせの身の振り方を告げた長次郎は、その時の儀平次にこれ以上、重荷を背負わせたくなかったにちがいない。

――能代春慶三段重提げ弁当の願掛けにしても、とっつあんは当の與助さんだけではなく、芳太郎に罪を償《つぐな》わせられなかった負い目で、打ちひしがれている、儀平次さんの魂を救いたかったのだ。だから、おとせちゃんの悲運を報《しら》せず、文が絶えるとそのままにした

――

「おとせちゃんに何か？」

儀平次は季蔵の思案顔に気がついた。

「実は――」

季蔵は與助と知り合った経緯をまず話した。

「よかった。会えたんだ。與助は娘と一緒に梅見をしたのですね。おとせちゃんが孫を連れていたとしたら、その子は女の子ですね。きかんきの男の子は、梅見になどついては行かないでしょうから」

饒舌《じょうぜつ》ながらも儀平次は不安そうに季蔵を見つめている。

「與助さんはお一人でした」

「そんなことは――」

「島送りになってから半年とたたないうちに、おとせちゃんは亡くなったのだと、與助さんは言っていました」

季蔵はおとせの死に様《ざま》を告げた。

「信じられない」

儀平次は季蔵を睨《にら》みつけて、吐き出すように言った。

「與助さんは、どうしても、おとせちゃんが死んだ理由を突き止めたいと――」

「與助はどこに？」

儀平次は詰め寄った。

「会わせてくれ。わたしも與助に力を貸したい」

「それはもう、できません」

季蔵は與助の最期を話した。下手人と思われる梅見茶屋亀可和《かめかわ》の女将《おかみ》おれんも、何者かの手にかかったことを聞くと、

「娘が死んだ理由を知ろうとした與助が殺され、その下手人も殺められただと？　ふざけたことを――」

憤懣《ふんまん》やる方なく、眉間《みけん》に青筋を立てて怒鳴った儀平次は、暇《いとま》も告げずにふらふらと立ち上がると、塩梅屋《あんばいや》の離れを出て行った。

「もしや、おれんという名に心当たりはありませんか」

季蔵はその背中に訊いたが、儀平次はもう、二度と振り返ろうとはしなかった。

店に戻ると、

「頼まれ事は引き受けたの？」

おき玖《く》に訊かれた。

「お引き受けはできませんでした」

季蔵は儀平次の長次郎、そして與助への想いを話して聞かせた。

「そうだったの」

あまりに哀《かな》しい成り行きの縁《えにし》だとおき玖は思った。

「聞いただけでもやりきれないのに、当の儀平次さんはたまらないでしょうね」

――これを乗り切る支えは、娘さんの死んだ理由を突き止めること。でも、それも叶わずに殺されて、與助さんの力になれることだけを支えに生きてきた儀平次さんは、頼みのおとっつあんも逝《い》ってしまい、ただ、腹立たしいだけではなく、この先、どうしたらいいか、途方に暮れているのではないかしら――

儀平次の行く末が案じられてならないおき玖は、しばし、眉《まゆ》を寄せていたが、

「そうだったわ。良効堂《りょうこうどう》のご主人から、鹿の肉と文が別々に届いているのよ」

季蔵に伝えなくてはならない用事を思い出した。

佐右衛門《さえもん》の文には以下のように書かれていた。


本日、親しくしている麴町《こうじまち》の百獣屋《ももんじ》百味滋屋《もみじや》より、鹿肉が入ったとの報せがありまし

たので、そちらへ届けさせました。かねてより、ご贔屓《ひいき》にしていただいていて、〝舌にうれしい薬食《くすりぐ》いのため、味付けによい草木はないのか〟とおっしゃっておいでのお客様に、美味《おい》しい菜の形にして、お届けすることにしたのです。念のためマンネンロウもお届けしておきます。どうか、お力添えいただきたくお願いいたします。

文には十軒分の届け先が連ねられていて、

「鹿料理をここへ届けるようにということね。薬食いは半端じゃなく、臭《にお》うから、もう大変——」

一瞬、眉を寄せたおき玖だったが、

「でも、仕様がない。良効堂さんには、おとっつあんの生きている頃からお世話になってるんだもの」

文と一緒に届けてきたマンネンロウにじっと見入って、

「この変わった草も匂《にお》うわね」

鼻をくんくんと蠢《うごめ》かした。

——これは、いかん——

良効堂を訪れた時、マンネンロウを使って、薬食いの美味《うま》い料理を作ってほしいと、佐右衛門から頼まれていたことを、季蔵はすっかり、忘れていたのである。

季蔵は佐右衛門が記してきた届け先に目を落とした。

「あら、砺波屋さん」

おき玖が声をあげた。

「きっと、どなたか、具合の悪い方がいるのね」

——良効堂から頼まれたと言って届ければ、知りたい話が聞けるかもしれない——

季蔵は與助の思いを叶えるつもりであった。

「これ、いい機会だわ」

「ええ、まあ」

出来れば、おき玖は巻き込みたくなかった。

「あたしも與助さんから頼まれたんだってこと、忘れないで」

「そうでしたね」

季蔵はやや苦く笑った。裏庭で旬の細魚《さより》を一夜干しにしていた三吉《さんきち》に声をかけ、

「小腹が減ってるんじゃないか。これで、好きなものを買って来い」

小遣い銭を渡した。

三

「盆と正月が一緒に来たようだよ」

三吉は七つ、八つ、好物の金鍔《きんつば》を腹に収めると、

「さあ、何でも、おっしゃってください」

膨らんだ兵児帯《へこおび》のあたりを、平手でぽんと叩いて勢い込んだ。

「三吉、おまえも、鰯《いわし》のつみれや鳥鍋の仕込みは達者になってきた」

塩梅屋の鳥鍋は、鶏や鴨《かも》、鶉《うずら》などの肉を念入りに叩き、つみれにまとめ、牛蒡《ごぼう》や葱《ねぎ》と一緒に鍋に張った出汁《だし》で煮て供する。

「その腕を見込んで、今日は鹿の肉を叩いてもらいたい」

「鹿――ですか」

三吉は咄嗟《とっさ》に情け無さそうな顔になった。

「百獣叩き――」

「肉に変わりはない」

季蔵は油紙の包みを解いた。中には白い脂身のついた肩肉と、綺麗な赤身のモモ肉、各々《おのおの》の大きな塊が並んでいる。

「叩いてほしいのは――」

季蔵はモモ肉を俎板《まないた》に載せると、出刃包丁で百匁《もんめ》（三七五グラム）ほど切り取って、三吉に渡した。

「へえ」

受け取った三吉は、自分の俎板と出刃を手にして勝手口を出た。時のかかるつみれ作りは裏庭と決まっていたからである。

――あれ、あれはどう見ても一軒分だったわ――

「あら、全部、三吉に叩かせるんじゃなかったの？」

おき玖に訊かれると、

「考えがあるのです」

応《こた》えた季蔵は、手早く、脂身の付いた鹿肉の肩肉の塊を薄切りにすると、皮のついたままの生姜《しょうが》をおろしはじめた。

――何を作るつもりなのかしら？――

「あたしにできることは？」

「甘酒を用意してください」

「はいはい、お安いご用よ」

塩梅屋では、たとえ夏でも甘酒を切らさない。鍋の蓋《ふた》を取って、

「足りる？」

「充分です」

「次は何？」

「味醂《みりん》を」

おき玖はすぐに味醂の入った瓶の前に立った。

「やっと、わかったわ。季蔵さんが作ろうとしているのは、鹿肉の味噌漬けね。大丈夫、まだ、去年の味噌が沢山残っているから」

味噌は雑菌の少ない冬場に仕込む。塩梅屋では、味噌の仕込みを、毎年、冬至の日と決

めていて、この日は大雪が降り積もることも少なくなかった。そんなわけで、春先から夏にかけては、残っている去年ものの味噌が使われるが、味噌漬けには、相当量の味噌が必要だった。

「十軒分というと、味噌漬けの仕込みは樽《たる》よね」

おき玖は納戸から、洗って乾かしてあった小さな樽を出してきた。

季蔵はまず、分量の味噌とその一割程度の甘酒、味醂、おろした生姜、そして、みじん切りにしたマンネンロウの葉を入れて、鹿肉を漬ける味噌床《どこ》を作った。

「晒《さら》しの端布《はぎれ》はありませんか」

漬けた肉から出る、水気を吸い取るため、晒しの端布を味噌と肉の間に挟んでいく。

「この間、勧め上手の端布売りから、残っていた晒しばかり、ついつい、沢山、買わされたのがあるわ」

次に季蔵は醬油と酒、酢、おろしたにんにく、七味唐辛子、みじん切りのマンネンロウを合わせて鍋で一煮立ちさせた。

──残っている鹿肉のためのものなんでしょうけど──

何を作ろうとしているのか、おき玖には皆目、見当がつかない。

季蔵はモモ肉の塊を厚めに切ると、熱した鉄鍋で両面を焼いた。じゅうじゅうと煙が立って、鹿肉が焼ける匂いは食欲をそそった。次に、箸《はし》で焼き上がった鹿肉の肉片を、先ほど一煮立ちさせたつけ汁に落としていく。

——まるで、肉の焼き膾《なます》みたいだわ——

おき玖の知っている焼き膾は、鯵《あじ》の干物などの魚か、焼き茄子《なす》を一工夫したものである。

「召し上がってみてください」

季蔵に勧められたが、

——百獣だし——

おき玖は白牛酪《はくぎゅうらく》（白牛の乳を煮詰めて型に入れ、乾燥凝固させたもの）を使う明日香《あすか》鍋と同様、薬食いの百獣が苦手であった。やはり、臭いである。醬油と砂糖、酒で煮付けた百獣からは、魚のものとは異なる、濃厚な生臭さが漂ってくる。

鼻をつまんで食べてもまだ臭った。おまけに百獣煮はどれも固く、臭味に耐えて、長く口の中で嚙《か》み砕かなければ、喉《のど》を通らなかった。

「そのままの切れを摘《つま》むのは無理よ。もう少し小さく切ってちょうだい」

季蔵は鍋から引き上げた鹿肉の一切れを、包丁で一口大に切り分けて、皿に盛りつけると、小さな杓子《しゃくし》で鍋のつけ汁をそっとかけた。

「どうぞ」

鹿肉には、みじん切りのマンネンロウがちょこんとのっている。

おき玖は思い切って、箸を突き出した。目をつぶって、摘んだ鹿肉を口に入れた。

——あら、これ——

声をあげる代わりにおき玖は目を開けた。

「いかがでした？」

季蔵の目は真剣そのものであった。

「匂いはするんだけど――」

おき玖は言葉を探そうと、さらに箸を鹿肉の皿へ伸ばした。もう一口、ほおばり、二、三度嚙んで、難なく喉を通り抜けた。

「固くないわ」

――でも、匂いの方はまだ何とも、何がどうなのか――

三度目の正直とばかりに、また、鹿肉を口に入れた。今度はすぐに嚙まずに、しばらく口の中で転がして、匂いを確かめてみる。

「百獣の臭いがマンネンロウと合わさると、悪くない匂いに変わるんだとわかったわ。変わってるけど、これ、美味しい」

「よかった」

季蔵はほっと胸を撫《な》で下ろした。

そこへ、

「出来ました」

三吉が叩いた鹿肉を運んできた。

「三吉ちゃん、これ、美味しいわよ」

おき玖は勧めたが、

「おいら、金鍔で腹がいっぺえだから」

三吉は、それぱかりはご免だとばかりに、ぶんぶんと頭《かぶり》を振った。三吉の家族は皆、百獣のうちでも、鹿や牛など、角のある生きものを食べると、鬼になってしまうと、信じ込んでいる。

「届けるだけなら、大丈夫だから」

「よろしく頼む」

季蔵は鹿肉の焼き膾風醤油漬けを折に詰め、佐右衛門の文から、届け先をさらさらと書き写して三吉に渡した。

三吉が出て行くと、季蔵は七輪を熾《おこ》して、菜種《なたね》油の入った小鍋をかけた。

「今度は揚げ物？」

おき玖は目を丸くした。

「鹿肉の揚げ物なんて、聞いたことないわ」

季蔵は小鉢に叩いた鹿肉と、少々の味噌、おろしにんにく、きざみマンネンロウを合わせた。それを俵型に丸めて、小麦粉を叩《はた》き付け、ぷつぷつと小さな泡の浮いてきた小鍋へと落とす。

「何て、いい匂いなんだろう」

おき玖はうっとりと目を細めた。

――この匂いは肉の焼き膾より上だわ――

シュ ーッという小気味よい音がして、鹿肉の唐揚げが一つ、出来上がった。

「つきあってください」

季蔵は箸で二つに分けた。

「もちろん」

おき玖は夢中で箸を手にした。

「まあ」

口の中いっぱいに香ばしさと清々《すがすが》しさ、そして、えも言われぬ、旨味《うまみ》が広がっていく。

「幸せ――。こんな美味しいもの、食べたの、あたし、生まれてはじめて」

おき玖は興奮気味に口走った。

「これから、わたしは砺波屋さんへこれをお届けしてきます」

「でも、さっき、三吉に十、折り詰めを持たせたじゃないの。砺波屋さんに、折に詰めた鹿肉の方が届いてしまうわ――」

「届け先から、砺波屋さんを抜いて代わりに良効堂さんを入れておきました。届け先にはご自分のところを書いてありませんでしたが、きっとお忘れになったのだと思います。砺波屋さんにはわたしが出向きます」

四

――なるほど、そういうことなのね――

「あたしも砺波屋さんまで行くわ。薬食いの後は天草《てんぐさ》がいいのよ。おとっつあんに、後で天草を作ってやるからと言われて、薬食いを我慢したものだもの」

干し上げた天草を水に戻して煮固め、天突き器で細く揃《そろ》えたものがところ天である。

「天草とはところ天になる、あの天草のことでしょうか？」

「そうそう。でも、薬食いの後には、ところ天じゃなくてもかまわない。こんにゃくの薄切りみたいに削《そ》ぎ切りにして、胡麻《ごま》入りの合わせ酢をかけてもいいし、あたしは黒蜜《くろみつ》がもう、最高だと思う。これを砺波屋さんでも、薬食いの後に、是非、味わっていただこうというわけ。天草を煮るだけだもの、あたしでも出来るし、固まるのにそこそこ時もかかるから、厨に陣取って、奉公人の人たちの話も聞ける――」

おき玖の計画はなかなかのものであった。

――芳太郎が分家暖簾分けさせられている、今の砺波屋には、危ないことなどないはずだが、それでも、お嬢さんを連れて行くのは気が進まない――

「天草と黒砂糖は、この間、三吉と納戸を整理した時、見つけておいたから、それはよしと――。あたし、支度《したく》をしてくるわ」

こうして、心ならずも季蔵はおき玖と共に、砺波屋を訪れることになった。

「良効堂のご主人のお申し付けで参りました」

そう前置きして、手代に用件を伝えた二人はしばらく、店を入ってすぐの小部屋で待たされた。

「お内儀さんがお会いになりたいとおっしゃっておいでです。どうぞ、こちらへ」

手代に代わった大番頭が客間へと案内してくれた。

ほどなく、

「ゆみと申します」

部屋に入ってきた内儀は、年の頃は三十路《みそじ》前、細身で小柄ながら、家付き娘ならではの優雅な貫禄《かんろく》が、行き届いた身なりや、おっとりした物腰に滲《にじ》み出ていた。

「良効堂さんからご依頼をいただきました」

季蔵は手代に伝えたこととほぼ同じ内容を繰り返した。

「わたしどもはたしかに、良効堂さんに、薬食いを美味しくする薬味はないものかと、お願いをしておりました。うちも良効堂さんも薬種を扱っておりますので、お願いしたのは、寄り合いでお目にかかった時でした。良効堂さんのところの薬草園には、聞いたことも、見たこともない、沢山の野草があると聞いていましたので、ひょっとして――と。実は、うちでは、跡継ぎ誠太郎《せいたろう》の身体が弱く、風邪《かぜ》を引くとすぐに寝つくのです。何人も医者を変えましたが、皆、一様に日頃から、精のつくものを食べさせて、血を増やし、風邪に負けない身体をつくることだって言うばかり。薬食いが何よりとのことでした。ところが、ご存じのように、薬食いはもう――」

おゆみは片手を鼻に当て、

「手を替え、品を替えしても、食べてはくれないのです。誠太郎は流行《はや》り風邪で熱を出した折など、危うく、死にかけたのでございました。わたしたち夫婦はどれだけ、ひ弱な誠太郎の行く末を案じていることか――」

ため息をつき、

「ですので、誠太郎が食べてくれる薬食いがあってほしいと思っております。でも、本当にそんなものがあるのかとも――」

鼻に手を当てたままでいる。

「良効堂さんにお頼みし、そちら様にまでお運びいただいたというのに、勝手なことを申しました。どうか、お許しを――」

おゆみは、はっと気がついて目を伏せた。

「誠太郎さんのお好きなものは？」

おき玖が口を開いた。

「子どもでございますので、飴《あめ》、お饅頭、揚げ煎餅《せんべい》などのお菓子を喜びます」

――これはいいことを訊いてくれた――

季蔵はおき玖に感謝した。

「今から、誠太郎さんが揚げ煎餅のように、喜んで召し上がれる薬食いを、お作りいたします」

自信に満ちた季蔵の言葉に、

「それが真《まこと》なら、これほどうれしいことはございませんが」

「薬食いの後には欠かせない、天草の黒蜜かけもご一緒に」

すかさず、おき玖が言い添えた。

厨に案内された二人は、各々、料理を作り始めた。

季蔵の方は、叩いた鹿肉に、にんにくと味噌、マンネンロウを混ぜたタネに、小麦粉をまぶして狐色《きつね》に揚げるだけだったので、四半刻《しはんとき》（約三十分）も経《た》たないうちに出来上がった。

「薬食いとは思えない、いい匂いだ」

見ていた砺波屋の賄《まかな》いたちが、ごくりと唾《つば》を呑み込んだ。

「菓子盆をお願いします」

季蔵は皿にではなく、あつあつを揚げ煎餅のように菓子盆に盛りつけて、

「どうぞ、これを」

待ち兼ねていたおゆみに手渡した。

誠太郎の部屋から、おゆみが戻ってきたのは、おき玖が煮溶かした天草を、晒しで漉《こ》し終わってすぐであった。

――あら、ずいぶんと早い――

「誠太郎が薬食いしてくれました」

空《から》の菓子盆を手にしているおゆみは、喜びで頬《ほお》を紅潮させている。

「もっと食べたいと言っています」

おゆみは季蔵に向けて、菓子盆を差し出した。

「お代わりをお作りいただけませんか」

「薬食いは日々の量が、過ぎてはならないと聞いています」

季蔵はやんわりと断った。

「それでは、是非、作り方をお教えください」

おゆみは厨に控えていた賄いに目配せした。

「どうか、お願いいたします」

忠義者らしい年配の賄いは腰を二つに折った。

「ご覧になっていた通り、簡単な料理です。決め手は揚げダネの作り方なので、それについては後で――」

季蔵は勿体《もったい》をつけた。

――何としても、内儀に十年前の話を訊かなければならない――

「それではこちらへ。まずは、おくつろぎいただいて――」

おゆみは先に立って客間へと急いだ。

向かい合うと、

「先ほどはつい、気が急《せ》いていて失礼いたしました。誠太郎があのように喜んで、薬食いするのを見たのは初めてで、もう、驚くやら、うれしいやらで――。秘伝の料理法だとおっしゃるならば、何という名か、まだお聞きしておりませんが、日々、わたしどもまで、あの料理をお届けいただくことでも結構なのですが」

——そうか、まだ、あれに名をつけていなかった——

咄嗟に、

「鹿肉の清草揚げは、冷めてしまうと美味《おい》しくないので、作って届けることはご勘弁願います」

「それでは、おいでいただくのはいかがでしょうか」

「日々のこととなると、無理かと」

「それでは、お教え願えないのですか」

おゆみは思い詰めた顔で迫った。

「誠太郎にあれを食べさせることができるならば、お代はお望みのままに——、どうか、わたしどもを助けると思《おぼ》し召して——」

「良効堂さんからのご依頼ですので、お代はいただけません。ただし、一つ、お内儀さんにお頼みがございます。お話しいただきたいことがあるのです。これをお聞き届けいただけるならば、鹿肉の清草揚げの作り方をお教えします」

——こんな駆け引きは気が進まないが、仕方がない——

「わたしに何の話ができるというのでしょうか」

おゆみは怪訝《けげん》な顔で季蔵を見つめた。

「十年前のことを思い出していただきたいのです。與助という手代を覚えていますか」

「もちろんです。與助の娘のおとせちゃんのことも――。母はおとせちゃんを引き取り、くれぐれも、手厚く世話をするようにと言い遺《のこ》して亡くなりました。養女というよりも、妹のように思っておりましたのに、あんなことになってしまって――」

おゆみの声が湿った。

そこで季蔵は島から戻ってきた與助が、娘が死んだ理由を突き止めようとしていながら、亀可和の女将に殺されたことを話した。

「それでわたしたちは、與助さんが叶えられなかった、娘さんへの想いを、引き継ぐことにしたのです。どうして、あんなことになったのか、心当たりを思い出してほしいのです」

「心当たりはございません。本当です。けれども、その当時のおとせちゃんについてなら、お話しできます」

五

「三つ違いのおとせちゃんとは、與助さんと一緒に縁日で会ったり、店に立ち寄ることもあったりして、いつしか、話をするようになっていました。與助さんがあんなことになってからは、二人して、絶対、あれは根も葉もないことだ、きっと、深酔いしたごろつき同士の喧嘩が、招いたことに違いないと無罪を信じていたのです。その頃のわたしは、呆《あき》れるくらい、店のことも、世間のことも知りませんでした。病に臥《ふ》した身でありながら、気丈だった母が、余計なことはわたしの耳に入らぬよう、奉公人たちに厳しく口止めしていたからです。でも、そうとわかったのは、母が亡くなって書き置きを読んだ時でした。ですから、兄に代わって、わたしを跡継ぎにと決めていたことを知った時は、驚きと戸惑い、それに多少、母に裏切られたような気がしました」

「生きているうちに、打ち明けてほしいと思われたのですね」

「兄の不始末を與助さんが負って身代わりになったのです。この先、背負い続けるには、あまりに重過ぎました。よく眠れない日が続いて、おとせちゃんに本当のことを話そうと思ったことさえありました」

「話されたのですか？」

「いいえ。その頃、おとせちゃんは小伝馬町の牢へ日々、通っていました。わたしもあれこれと見繕《みつくろ》って、食べ物や身の回りのものを持たせてやっていたのですが、ある日、帰ってきたおとせちゃんは、思い詰めた顔で、〝もう、二度とおとっつあんに会わない〟と言ったんです。理由《わけ》を聞くと、〝おとっつあんは無罪じゃない、のんだくれの仕様のない咎《とが》人《にん》だった〟と、ぽろぽろ涙を流して、與助さんの話をしたんです。わたしはなぜか、ほっとしました。これで救われたと感じたんです。亡くなった母を與助さんはまだ信じてくれていた、それで與助さんはおとせちゃんの行く末を思い、偽りを話したのだと悟ったからです。與助さんのためにも、精一杯、おとせちゃんの世話をしよう、これからは身内の姉のように、何の遠慮もなく、甘えてもらおう、よい嫁ぎ先を探して、豪勢な婚礼支度をしてあげなければとも――」

「おとせさんにあなたの気持ちは伝わりましたか？」

「それが――」

おゆみは苦渋《くじゆう》を顔に滲ませた。

「その日を境に、おとせちゃんは変わってしまったんです」

「どのように？」

「以前のおとせちゃんは素直で明るく、習い事にも筋がよくて、呑み込みの早い娘でした。わたしが琴や三味線を何度か、弾いて聞かせると、〝あたし、こういう習い事、大好き。ずーっとあこがれてたの〟なんて言って、すぐに覚えて弾いてみせてくれるほどで――。そんなおとせちゃんでしたから、暮らし向きのせいで、存分にできなかった習い事をさせてあげたら、多少は與助さんのことを忘れられて、さぞかし、熱中するだろうと思ったのです。ここへ引き取って、このことを話した時も、おとせちゃんは、〝まあ、うれしい〟と跳びはねんばかりに喜んでいました。ところが、三月《みつき》ほど過ぎた頃、わたしがお師匠さんたちまで、ご挨拶《あいさつ》に出向くと、皆さん、一様に困った顔をされました。おとせちゃんは稽古《けいこ》へなぞ通ってはいなかったんです」

当時を思い出したのだろう、おゆみは眉をひそめた。

「稽古へ通わず、いったい、何をしていたのですか？」

「半日、問い詰めましたが、頑としておとせちゃんは口を開かず、とうとう、何も、話してはくれませんでした。そして、翌日からまた、おとせちゃんは使いもしない、三味線やお針箱などを抱えて、いそいそと店を出て行きました」

「当然、不審に思われたでしょう？」

「ある日、こっそり、自分で後を尾行《つけ》ました。おとせちゃんは浅草は茅町《かや》の長屋へ入って行きました。わたしはしばらく、長屋を見張っていましたが、出てくる様子はありません。仕方なく、その日は帰りました。次の日もおとせちゃんはそこへ立ち寄って、出て来なかったのです。それでも根気よく、半月ほど、おとせちゃんの目的を突き止めようとしたのです。終《しま》いにするしかなかったのは――」

おゆみは、帯の上をそっと押さえて、

「誠太郎が出来たとわかったからです」

「その後、おとせさんに変わった様子は？」

「忘れもしません。わたしが身籠《みご》もったと聞いて、部屋まで顔を見せに来てくれたことがありました。外から帰ったばかりだと言い、赤い顔をしていて、とろんと目を潤ませていました。〝まあ、お酒を飲んでるの？〟とわたしは、咎めたい気持ちを押さえて優しく訊きました。〝うん〟、珍しく、おとせちゃんは素直でした。そして、〝ごろつき同士が喧嘩して、相手を死なせるようなことがあっても、名乗り出ずに逃げてしまえば、それっきりなんだってね。名乗り出てお縄になったおとっつあん、ほんとに馬鹿だよ、馬鹿、馬鹿。あたしに、言ってくれれば、二人でごろつきになって、どこまでだって、一緒に逃げてあげたのに〟と言い、部屋を出て行く時に、〝お姉さん〟とわたしを呼び、〝いい子を産んで、うんと幸せになってね〟と耳元で囁《ささや》いたんです。この世でおとせちゃんとはそれっきりでした。わたし、この時のおとせちゃんの声、今も耳に残っています、忘れられません」

おゆみは泣き崩れた。

季蔵はおゆみの顔が両袖から離れるのを待って、

「お兄さんの芳太郎さんについて、お訊きしたいのですが――」

「兄とわたしは七つも年齢《とし》が違います。遊んでもらった思い出もありません。その上、込み入ったことは何一つ聞かされていなかったわたしは、母が亡くなる寸前、兄を勘当同然に分家させた時も、どうしてなのかと不思議でした。與助をあんな目に遭わせなければならなかった、兄の行状についても、母の書き置きで、初めて、知ったのです」

「芳太郎さんはよほどのことに関わっていたはずです」

一瞬、おゆみは、季蔵の心の奥底を覗くかのように、大きく目を瞠《みは》った。

――隠しても無駄です、わかっているのですから――

季蔵の目は頷《うなず》いた。

「あの薬のことですね」

おゆみは声を低めた。

「恐ろしい薬とだけ母は書いていました。それが兄に跡を継がせられない理由で、そんな薬を売り買いしているとお上に知れたら、この砺波屋は取り潰しになるだけでは済まない、わたしたちまでも生きてはいられなくなる、砺波屋代々の墓所を弔《とむら》う者とて無くなり、御先祖様にどれだけ、申しわけないことになるかしれない、だから、この書き置きの文も読んだらすぐ、燃やすようにと——。遣《や》り手《て》と言われた母は抜かりない女でした」

「その後、芳太郎さんとのおつきあいは？」

「この十年、兄とは会っておりません。母は金輪際《こんりんざい》、兄にはこの家の敷居を跨《また》がせてはならないと書き遺しました。先ほど、勘当同然と申しましたが、異なる点があったとしたら、兄の暮らしが立つよう、欠かさず、世話をするというだけのことでした。渡す金子《きんす》は多すぎず、少なすぎずにと。多ければ、若旦那だった頃の伝手を頼り、恐ろしい薬を買い付けかねませんし、少なすぎれば、暮らしに困った兄が、またぞろ、別の悪事に手を染めるのではないかと、母は懸念《けねん》したのです。もちろん、兄を罪人にだけはしたくない、悪事に関わって無残な死を遂げてほしくないという、母心もあったでしょうが——」

「どのようなご様子かも、おわかりではないのですね」

「一度だけ、分家して間もない頃、見かけました」

おゆみは血の滲むほど唇を噛みしめ、

「おとせちゃんと兄が一緒に神田明神《かんだみょうじん》の境内を歩いていたんです。おとせちゃんが神田川に浮かぶ、一月ほど前のことでした。二人は何というか——」

苦しそうに口籠もった。

「親しそうに見えたのですね。まさか、與助さんが手代だった頃からの仲ではないでしょう？」

「ええ。もちろん。店先で顔を合わすことが何度か、あったぐらいで――。この時、わたしは兄が與助にしたことを思うと、どうして、こんな酷いことができるのかと、もう、胸が張り裂けんばかりでした。ですから、それからは、心の隅に追いやり、決して、思い出すまいとしていたのです。けれども、おとせちゃんが死んだ理由を知ろうとした、與助が殺されたと、あなたにお聞きして、今、話さなければ、罰《ばち》が当たると思いました。このころ、わたしは火の中で悶《もだ》える母の夢を繰り返し見ます。母は與助に兄の身代わりを頼んで、罪を犯しました。罪というものは、必ず、いつか、裁かれるものなのです。もし、それが、我が子、誠太郎の身に降り掛かるようなことがあったら――」

身体を震わせたおゆみは、目をつむり、両手を胸の上でぎゅっと握りしめてうなだれた。

六

「芳太郎さんと一緒だったおとせさんはどんな様子でした？」

「わたしに琴や三味線を弾いてくれた時の目をしていました。うれしそうで、きらきら輝いていました」

「芳太郎さんの方は？」

「――――」

「芳太郎さんはすでに、おとせさんに飽きていた？」

「かもしれません」

「そうなると、いずれ、芳太郎さんにとって、おとせさんは邪魔者になりますね」

「もしや、兄がおとせちゃんを――」

季蔵は無言である。

「そんなこと――」

おゆみは目を剝《む》いた。

「おとせさんが砺波屋の養女同然だったとしたら、亡くなった時、報せは、お内儀さんであるあなたのところへ行ったと思いますが――」

季蔵は矛先を変えてみた。

「そんなことまで、話さなければならないんですか」

勘弁してほしいと、おゆみは訴えるように季蔵を見た。

「おとせさんの様子によっては、芳太郎さんの罪ではないと、確信できるかもしれませんから」

「おとせちゃんの身体には、白い傷が無数にありました。これは、匕首の切り傷が水に浸《つ》かってふやけた痕《あと》だと、お役人が話してくれました」

「これは、もう、足を滑らせたのでも何でもあり得ません。殺されたのです」

季蔵は毅然《きぜん》として言い切った。

「おとせちゃんの身体が、汚されているかもしれないと聞いた時、わたしは決めました。

こんなことが瓦版《かわらばん》に、面白可笑《おか》しく書かれてはならないと――。母に倣《なら》って、奉行所へ出向き、おとせちゃんは、誤って川に落ち、溺れ死んだことにしてほしいと頼んだんです」

「そして、八丈の與助さんにも、そのように伝えたのですね」

「ええ。さすがに、伝えずに済ますことは気が咎めたのです」

「芳太郎さんに訊いてみようとはなさらなかった？」

季蔵の口調がやや非難じみた。

「訊くのが怖かったんです。もしやと思うと――。この時ほど、母に生きていてほしいと思ったことはありませんでした。それでも、母ならこうするだろうと、婿に入った後、忙しくしているうちの人にも明かさず、わたし一人の胸にしまっておこうと決めました。おとせちゃんの亡骸《なきがら》はねんごろに、砺波屋の菩提寺《ぼだいじ》に弔い、月命日には欠かさず墓参しております」

そう言うとおゆみは、これでいいのだと自身を納得させたくなったのだろう、季蔵の目を見据えた。

「お内儀さん」

廊下に大番頭が立った。

「薬研堀《やげんぼり》の武丸屋《たけまるや》さんがおいでになっております」

先代が越中の出である武丸屋は、砺波屋の同業者である。先代まではたいした商いではなかったが、今の主秀助《しゅうすけ》の代になってからというもの、砺波屋を凌《しの》ぐ成長ぶりであった。

「あら、秀助さんが――」

おゆみは少しばかり、救われたような顔になると、立ち上がって障子を開けた。

すると、ほどなく、

「いいよ、いいよ、時はとらせない。信濃《しなの》の杏子《あんず》を届けて、ちょいと、若旦那と遊ばせてもらって帰るだけだ」

秀助が廊下を歩いてきた。片袖から干し杏子を取り出して、ぱくりと口に入れた。いい大人には不似合いなのだが、何とも粋《いき》で、不作法には見えなかった。

羽織と対《つい》の渋い泥大島《どろおおしま》が、ぴしりと板に付いていて、三十路はとうに越えているものと思われたが、色白で撫《な》で肩のすらりとした身体つきの持ち主であった。

目が遭った季蔵が、

「木原店で一膳飯屋塩梅屋《あんばいや》を営む季蔵と申します。若旦那の薬食い料理をお届けしました。それでは」

と辞そうとすると、秀助は、

「ああ、あの塩梅屋さんか。塩梅屋といえば、熟柿《ずくし》だ。わたしは薬研堀の武丸屋なんだけど、水菓子に目がないんだ。ここの若旦那もそうだから、ははは、子どもと同じさ」

天真爛漫《らんまん》に笑った。

裏庭の美濃《みの》柿で作る塩梅屋の熟柿は、もいだ渋柿を木箱に入れ、座布団数枚を被せて、ただただ保温して作る。枝から柿をもぐ頃合いが大事で、なぜか、塩梅屋の離れと木箱、襤褸《ぼろ》に近い座布団でなければならない。菴摩羅果《あんもらか》（マンゴー）に似た、ねっとりとした食味と、蕩《とろ》けるような甘味は、砂糖や菓子など、足許《あしもと》にも及ばない。

長次郎はこの熟柿を、太郎兵衛《たろべえ》長屋の年寄りたちに食べさせるためだけに、毎年、欠かさず拵《こしら》えていた。季蔵はそれを受け継いでいる。他へは一個たりとも売らない。

「毎年、秋になると、何とかあれにありつきたいものだと思う。金を積んでも駄目だと人に言われて諦めたが、こうして、ここで遭ったのも何かの縁だ。塩梅屋さん、何とかしてはくれまいか」

秀助は穏やかに微笑《ほほえ》みつつ懇願した。熟柿を通して塩梅屋を讃《たた》えている。

「先代からの申し送りで、熟柿はお売りできません。どうか、ご勘弁願います」

季蔵はさらりと応えて、その場を辞した。

――心遣いの細やかな人だ――

厨のおき玖は、ちょうど天草の黒蜜かけを仕上げたところであった。戻した干し杏子が添えられている。

「沢山拵えたので、皆さんにも食べていただけるわ」

「どうか、これを」

紙と筆を貸してもらい、鹿肉の清草揚げの作り方を書き記した季蔵は、それを年配の賄いに渡した。

「マンネンロウは良効堂さんで分けてもらってください」

おき玖が襷《たすき》を外《はず》し終わるのを待って、

「それではお邪魔いたしました」

二人は砺波屋を出た。

おゆみの話を季蔵から聞いたおき玖は、

「おとせさんが殺されたとなると、やっぱり、一番、怪しいのは本所の石原町に住んでる芳太郎だわね」

季蔵は殺されていたおとせの様子までは、口にすることができなかった。

「芳太郎さんが今、どんな暮らしぶりなのか、気にかかります」

「お内儀のおゆみさんは、おっかさんの言い遺したことを守って、芳太郎を呼ばないだけではなく、奉公人一人、石原町へは行かせずに来たのだそうよ。だから、若い奉公人の中には、この店に若旦那がいたなんてこと、知らない人たちもいたわ」

天草が固まるまで、おき玖は、なかなか実り多い時を過ごしていたのである。

「月々の暮らしはどのように助けていたのでしょう」

「武丸屋さんのご主人に遭わなかった？　秀助さん」

「ええ、お目にかかりました」

「あの人、〝今日は、いい春日和《びより》だね〟なんて言いながら、どっさり、干し杏子の入った籠《かご》を手にして、勝手口から入ってきたのよ。あたしはびっくりしたけど、みんなは驚かなかったわ。おかげで、豪勢にも、天草に干し杏子の黒蜜かけになったしね。武丸屋さん、いつもそんな具合なんですって。〃勝手知ったる他人の家〃とは、まさに、このことね。武丸屋のご主人は、先代からのつきあいで、この店の親戚みたいなものなんですって。あの秀助さんが、先代からの頼みで、何から何まで、芳太郎さんのめんどうを見ているんだそうよ」

「武丸屋のご主人は三十路の半《なか》ばぐらいだから、当時から、芳太郎さんの友達だったのでしょうね」

「秀助さんと芳太郎さんは、親同士が縁の幼馴染《おさななじ》みなのよ。秀助さんは、そりゃあ、何度も、悪い方へ流れて行く芳太郎さんを、必死で止めようとしたみたい。居合わせていた喧嘩で、庇《かば》って、怪我《けが》をしたことまであるんだそうよ。これは長くいる風呂焚《た》きのお爺《じい》さんが話してくれたけど、〃秀助さんのように、我が身に代えてもというほど、親身ないい友達がいるのに、どうして、うちの芳太郎はあんなろくでなしのままなのだろう。よりによって、悪にしか染まらないんだろう〃っていう愚痴を、先代は始終、お風呂の中で繰り返してたみたい」

七

――なるほど、先代のお内儀さんは秀助さんに全幅の信任を置いていたのか。たしかに二十歳そこそこで、婿を迎えたばかりのおゆみさんでは、目を離すと何をするかわからない、芳太郎さんの世話はむずかしかったろう――

「お嬢さん、お願いしたいことがあるのですが」

神田川に架かる昌平橋《しょうへい》に差しかかったあたりで季蔵は切り出した。

「何かしら？」

「お内儀さんから聞いた浅草は茅町の長屋へ寄ろうと思うのです。ですから、わたしとはここで別れて、お嬢さんだけ、一足先に店に戻ってくれると有り難いのです。三吉に言って、鳥屋へ走らせ、鶏の胸肉ばかり、二百匁《もんめ》ほどもとめて、叩かせてほしいのです」

「あたしも浅草へ行くわ」

「それでは店を開ける刻限までに鶏の仕込みが間に合いません」

「そうだったわね。わかった。ところで、春だというのに今夜は鶏団子鍋？」

「鹿肉の清草揚げの別仕立てです」

「鹿肉の代わりに鶏を使うのね」

「マンネンロウのおかげで、砺波屋さんでの薬食いは若旦那に喜ばれましたが、店のお客様方に薬食いはお出しできません」

「うちは百獣屋じゃないんだしね」

「ただし、マンネンロウの清々しい香りは、鶏にもよく合うと思うのです。叩いた鶏に搾った豆腐を足せば、ふんわりした食味で、しっとりと酒を飲むのにふさわしい肴《さかな》になるのではと――」

「味はやっぱり、鹿肉と同じ味噌味？」

「味噌の代わりに練り胡麻と醤油も悪くない気がします」

「でも、味噌味は捨て難《がた》いわ」

「それでは、味噌味、胡麻味、二種類、お客様方に召し上がっていただきましょう」

「いいわね、それ。あたしも楽しみだわ」

おき玖と別れた後、季蔵は茅町の南平長屋へと向かった。十年前、おゆみがおとせの後を尾行《つけ》て行ったものの、おとせを見失った場所である。

――ここには、きっと何かある――

木戸を入るとぷんと生薬の匂いが鼻をついた。

――この長屋の住人たちは薬を商っているのかもしれない――

井戸端で白髪の老女が袷《あわせ》の着物の洗い張りに精を出していた。

「お尋ねしたいことがあるのですが――」

季蔵は話しかけた。

「あんたは？」

女は訝《いぶか》しんだ。

「日本橋は木原店の塩梅屋と言いますが、ある人から頼まれて、十年前、ここへ通ってきていた娘さんについて調べているのです。十年前はここにお住まいでしたか？」

「十年前なんて、あんた――」

老女は歯のない口でふわふわと笑った。

「あたしはもう、ここに三十年は住んでる。名はまさ」

――よかった、助かった――

「では、十年前、おとせという娘を見かけていますね」

「見かけるも何も。おとせちゃんは、ここに住んでたよ。ちょっとの間だったけどね。そういや、何日か前に、おとっつあんの與助さんが十年ぶりに、おとせちゃんが慕ってたおれんちゃんを訪ねて来てね」

しばし、洗い張りの手を休めた。

――與助さんが、おれんさんを？

「おれんさんというのは、亀戸の梅見茶屋亀可和の女将さんのことですか？」

「よく知ってるね」

おまさは細い目を丸くした。

「おれんちゃんはたいしたもんだよ」

――どうやら、まだ、おれんさんが亡くなったことは知らないようだ――

「一度だけ、おれんちゃんに誘いをうけて、亀戸まで行ったんだけど、たいそうなもてなしで腰を抜かしたよ。おれんちゃんがあんな立派な料理屋の女将さんになってるなんて。おれんちゃんはこれからも顔を見せてくれって言ってくれて、それはそれで有り難かったけど、何だかね――こういうところで暮らしてるあたしらには、近寄りがたいよ。落ち着きやしない」

――亀可和の下足番《げそく》の吉次《きちじ》が見たという老女は、昔馴染みのこのおまささんだったのだ

「とにかく、えらい出世をしたもんだと、おれんちゃんには感心したよ。あの頃は、おれんちゃんも、あたしらと一緒にここに住んでて、越中魂丹《えつちゆうこんたん》売りをやってたんだから」

「越中魂丹売り？」

「おや、あんた、あの有名な反魂丹《はんごんたん》を知らないのかい？」

「反魂丹なら知っています。富山藩主前田正甫《まさとし》様が、城中に参勤した折、腹痛に苦しみだした三春城主秋田河内守《かわちのかみ》様を、持参していた反魂丹で速やかに恢復《かいふく》させ、以来、各地で売られるようになったとか――」

「あれにあやかったのが、越中魂丹さ。もっとも、この手のあやかり薬はそこらじゅうにあるけどね。でも、それがここに住んでる者たちの命綱だ。ここじゃ、男も女も町へ売りに出て、雨露を凌いできたのさ」

「おれんさんもですか？」

「もちろんだよ。でも、與助さんは、おかみさんを亡くして間がないとかで酒を呷ってばかりいたくせに、娘にこんな物売りはさせたくないって、仕事を教えようとするおれんちゃんによく毒づいていたよ。同じ越中者だっていうのにね。あんた、藤八五文《とうはちごもん》薬売りを知ってるだろう？」

藤八五文売りとは、五月の初め頃から、一粒五文の癪《しやく》つかえ、頭痛、眩暈《めまい》に効き目のある丸薬を売り歩く薬売りたちである。脚絆草鞋《きやはんわらじ》履きの出《い》で立ちで、笠を被り、腰には小刀をさし、肩に包みを掛けていた。

「あいつらは、笠に〝藤八五もん〟だのと書いて、〝藤〟と書いた扇を持ってるんだけど、あたしたちの真似《まね》をしただけさ。あたしたちは、長年、笠には何も書かず、扇も持たないで商ってる」

――男も女も笠と脚絆草鞋履きか――。これは化けられる。それで、おゆみさんは出て行くおとせさんを見抜けなかったんだな――

「おれんちゃんは――」

おまさは話を続けた。

「梅の花が好きでね。冬の寒さに耐えて咲く梅の花のようになって、いつか、きっと、梅の花に取り囲まれて暮らすんだなんて、夢みたいなことを言ってた。念願が叶ってよかったよ。苦労ってのは報われるもんだね」

何も知らないおまさは、自分のことのようにうれしそうに続けた。

「昼も夜も売り歩いてて、おれんちゃんは働きものだった」

「昼に売り歩くのはわかりますが、夜の薬売りは聞いたことがありません」

「あんた、若いねえ」

おまさは黄色い乱杭歯《らんぐいば》を見せて、にやりと笑って、

「越中魂丹にはいろいろあってね、腹痛に効くものばかりじゃない。疲れた旦那衆が一時、元気になれるよう、南蛮渡来の妙薬を混ぜたものだって、あるんだよ。ただし、これは、目の玉が飛び出るほど高い。だって、薬の効き目を試す相手付きだからね——」

片目をつぶった。

——そうやって、おれんさんは梅見茶屋の女主人になったのだな——

季蔵はそんなおれんを蔑《さげす》む気は毛頭なかったが、おれんが與助を殺し、口封じされた理由とは関わりがありそうだと思った。

「おとせちゃんもどこかで、おれんちゃんみたいに、成り上がってるかもしれないね。そうだよ。きっとそうだよ」

「おとせさんもおれんさんに倣って、夜の仕事をしていたのですか?」

「そりゃあ、してなかったよ。だけど、ここに住まなくなってからも昼間は、しげしげ出入りしていたよ。おれんちゃんがこづかいの一つでもやってたんじゃないの」

——與助さん父子は、おれんさんと相長屋だったんだ。與助さんは娘のおとせさんがおれんさんを慕っていたことを覚えていて、何か分かるかもしれない、とここへやってきた。そして、おれんさんが亀可和の女将に収まっていると知った。亀可和で、二人の間に何があったのだろうか。與助さんが今際の際に〝ふきたち〟と言い残したのは、越中者に殺《や》られたと伝えたかったのだ。では、おれんさんは誰に殺されたのか——

「他には何か——、何でも結構です。與助さんと話したことを思い出してください」

おまさは渋々、

「おとせちゃんがここへ出入りしている頃、砺波屋の若旦那もよく来てたんだよ。ひょろっと頼りなげな色男だったけど、おとせちゃんは夢中だった。そのことをつい、口が滑っちまって――。すると、與助さん、がらりと様子が変わって、仇《かたき》でも見るような、もの凄《すご》い目つきになって怖かったよ――」

八

春霞みの色が濃くなって、空が群青《ぐんじょう》の帳《とばり》に包まれはじめていた。

季蔵は芳太郎の家のある本所の石原町へと足を向けた。石原町は大川の東岸に列《なら》ぶ大名の下屋敷と、旗本《はたもと》屋敷に四方を囲まれていた。薄暗がりの中にぽっぽっと黄色い光が点《とも》っているように見えるのは、今は盛りの菜の花である。

分家とは名ばかりで、もとより、店の看板などとも無縁な芳太郎の家は、菜の花に抱かれてひっそりと建っていた。

――砺波屋の先代内儀は、悩みの種とはいえ、可愛《かわい》い一人息子が、せめて、心穏やかな余生を送れるようにと、敷地に菜の花を植えたのだろう。母親が願った通りであってほしいものだが――

「ごめんください」

「どなたか、おられませんか」

声をかけたが応えは無かった。

季蔵は耳を澄ませた。

ごーっ、ごーっと鼾《いびき》が聞こえてくる。濃く不快な臭いも漂っている。

がらんとしていて、人のいる気配はなかったが、季蔵は足音を忍ばせて廊下を進み、鼾が聞こえている部屋の障子を開けた。

もう何年も替えていない黄色い畳の上に、延べられた薄っぺらな敷布団に、痩《や》せこけて皺《しわ》だらけの老爺《ろうや》が横たわっている。

ごーっ、ごーっ。老爺の口からは涎《よだれ》が滴《したた》り落ちている。

――この老爺はいったい、何者なのか？――

老爺の白髪は総髪《そうはつ》に調えられていて、枕元に、薬湯を煎《せん》じるための土瓶が置いてあった。

――誰かが、この病人の世話をしている――

老爺が目を醒《さ》ます気配は無い。季蔵は廊下を先に進んだ。

通り過ぎようとした部屋から、微《かす》かではあったが、酒の匂いが洩れてきている。そっと障子を開けると、口の開いた大徳利が横倒しになっていた。老爺のものと変わらない煎餅布団の上に、着丈も身幅《みはば》も人並みはずれた、男物の浴衣《ゆかた》が脱ぎ散らかされている。

畳の上には、綴《つづ》りが放り出されている。季蔵はそれを拾い上げた。

表紙には、〝芳太郎の件〟とだけある。中を開けてぱらぱらとめくると、殴り書きで、

三月五日　朝―粥《かゆ》一椀　昼―うどん、椀半量　夜―粥一椀
三月六日　朝―茶一杯、昼―粥椀半量、夜―粥半量

などとあった。

――あの老いさらばえた男が芳太郎さんだったのか――

驚いた季蔵は再び、老爺の部屋へと戻った。

――芳太郎さんが分家させられたのは三十路前。どうして、このような姿に――

信じられない思いで、季蔵はじっと芳太郎を見つめた。すでにもう、芳太郎は鼾を掻《か》いておらず、目尻からうっすらと涙を滲ませている。

季蔵の目は、茶色い煎じ薬がこびりついている湯呑みに吸い寄せられた。病人の身体に沁《し》みているのと同じ臭いがする。

――もしや、これは薄めた阿片では？――

湯呑みを手にして立ち上がろうとした、その時、背後に気配を感じた。ぜいぜいという荒い息遣いも聞こえた。

――誰かを殺《の》めてきたのだ――

季蔵は飛び退き身構えた。相手は胸元に返り血を浴びている。

「このねずみめ」

浪人者と思われる男が季蔵の前に立ちはだかった。男は身の丈六尺（約一八二センチ）

近くあり、両袖に細長い葉を絡みつかせている。

「どうした？　向かっては来ぬのか」

男は季蔵が丸腰だと見て取って、いたぶるように言った。

「用意の悪いねずみだ。よし、一つ、料理してくれよう」

男はのっしと一歩踏み出した。そして、銛《もり》を生《い》け簀《す》で使うかのように刀を突き下ろした。

一太刀目を季蔵は身体を捻《ひね》って躱《かわ》した。

「おのれ」

男は刀を引き戻すと、のしのしと軋《きし》む音をさせた。二太刀目が襲いかかってきた。季蔵は開いている障子の外、廊下へと飛んだ。

――しまった――

切っ先が掠《かす》ったのだろう、左の腕に鋭い痛みが走った。

廊下から戸口を出て、菜の花の間を走り抜けた。懸命に走り続けているうちに、次第に、どたどたと響く大男の足音が遠ざかって行った。

幸い、左腕の傷は浅かった。手巾《しゅきん》できつくしばり、袖の中に隠すと、木原店へと急いだ。

翌日の昼前、いつものように仕込みをしていると、戸口を開ける音に続いて、岡っ引きの松次《まつじ》と同心の田端《たばた》が入ってきた。

「まあ、まあ、親分、田端様も」

おき玖は作り笑いを浮かべて、てきぱきと甘酒と酒の支度に取りかかった。

「腹が空《す》いてる。何か食わしてくれ。俺も旦那も、朝、早くから仏さんに呼ばれたんでね」

季蔵は早速、松次のために卵かけ飯を作って出した。

卵かけ飯とは、むらし具合のいい炊きたての飯に、梅風味の煎《い》り酒を混ぜた卵汁をかけて、山葵《わさび》を載せただけのものだったが、この秘伝の煎り酒が決め手で、知る人ぞ知る、塩梅屋でなければ食べられない逸品であった。

「ここのは、飯は少なめ、汁気はたっぷり。こりゃ、もう、たまんねえ」

松次は卵かけ飯をそばのようにつつっと啜《すす》ってみせた。

田端には、昨夜、今日の賄い用にと残しておいた、鶏の清草揚げのタネを揚げずに、出汁《だし》と味醂風味の煎り酒で甘辛く煮付けた一品を拵えた。

「何があったのでございましょうか」

季蔵はさりげなく訊いた。

「まあ、辻斬《つじぎ》りってことになるんでしょうね、旦那」

松次は田端に相づちをもとめた。田端は黙って杯を傾けている。うなずく代わりに無言の酒が田端流であった。

「けどまあ、辻斬りにはふさわしくねえ場所だが――」

「ふさわしくないとおっしゃいますと――」

「一面、葦《あし》が生えてる大川べりなんだよ。どう見ても、果たし合いが似合いそうなところだろう」

——もしや、あの枯れた細長い葉は葦だったのでは？　大川は芳太郎の家の近く——

「何か気がかりなことでもあるのか」

　この日、初めて田端が口を開いた。

「辻斬りというからには、殺された方がおいでですね」

——もしや、あの大男と関わりがあるのでは——

「殺されていたのは町人さ。どうということのない四十男だったが、妙に胆《きも》の据わった死に顔だった。斬った奴を睨み据えて死んだはずだ」

「身元は？」

「守り袋から高山稲荷《いなり》神社のお札が出てきたから、その近くの者じゃないかとは思うがね、まだ、わからねえ」

——高山稲荷神社といえば、高輪《たかなわ》南町。與助さんに償おうとしていた儀平次さんは、そこで、越中料理の店を開いているはずだ。でも、まさか——

「わしにも、一つ、気になることがあってな」

田端は珍しく、話を続けた。

「殺された男は二つに切られた棒切れの一方を手にしていた。その様子は剣の心得があるように見えた。あの骸《むくろ》の男は元武士だったのではないかと思う」

「儀平次さん」

季蔵はぽとりと包丁を手から取り落とした。

「知り合いなのか？」

眠そうだった田端の目がきらっと光った。

「たぶん。確かめさせていただけませんか」

「いいだろう」

すでに川原の骸は番屋へと運ばれている。季蔵は田端や松次と一緒に番屋へと急ごうとすると、

「あたしも行くわ」

青ざめてはいたが、おき玖はきっぱり言い切った。

「ひとり膳への儀平次さんの想いは、おとっつあんの想いでもあったわけでしょ。だから、あたしも行かなきゃ――」

番屋の土間に横たえられていた骸から、筵《むしろ》を剝《は》ぎ取ると儀平次の顔が現れた。胸に三箇所ほど負った深手が致命傷と思われる。

――骸となっても、まだ、思い詰めた様子のままだ――

季蔵には松次の称した〝胆の据わった死に顔〟が、殺した相手にだけではなく、自分自身に対して、あらん限りの怒りと怨念《おんねん》をぶちまけているかのようにみえた。

――茅町の長屋のおまささんから、芳太郎さんの名を聞くと、穏やかな與助さんの顔が

豹変《ひょうへん》したという。これは、きっと、與助さんの思いでもあるのだ――

ふと、この二人と親身な約束を交わした長次郎に想いが傾いた。

――とっつあんが、生きていて、この場にいたら、どうするだろう――

「この者とはどういう知り合いなのだ？　話してもらおう」

田端はじっと季蔵を見据えている。

「実は――」

季蔵は左の袖を捲《まく》り上げ、

「すべては、これと関わりのあることなのです」

はっと大きく息を呑むおき玖の目の前に、昨夜手当して、晒しを巻いた腕を付きだした。

九

季蔵は今までの経緯を残らず話した。

「島帰りの與助は、神田川に浮いていた娘おとせについて調べようとしていて、亀可和の女将に殺され、その女将も與助に調べられては困る黒幕に、口封じされたというわけだな」

「はい」

「そして、良心の呵責《かしやく》から、與助の帰りを待っていた、元南町奉行所隠密廻り同心の料理人儀平次は、芳太郎の家を探り当てたものの、おまえに斬りつけた浪人者に殺された

「——」

「十年ほど前、儀平次さんは、芳太郎が、阿片の売買に関わっていることを知って、砺波屋に潜入したのです。この時、芳太郎は分家暖簾分けさせられて、すべては闇に葬り去られました。おとせさんのことで、與助さんが殺されたと知った儀平次さんは、あの時、何のお咎めも受けなかった芳太郎が黒幕だと思い込んだはずです」

「そりゃあ、腹わたが煮えくりかえっただろうよ」

怒りで茹《ゆ》で蛸《だこ》のような顔になっている松次が口を挟んだ。

「話じゃ、與助は芳太郎のために、罪を着てやって、命からがら八丈から帰ってきた。幸せに暮らしていたはずの娘は無残な死に方をしていて、真相を探ろうとした矢先、與助自身も殺されちまった。そんな事情を知らされたら、ひとり膳の支度をしようとしていた儀平次じゃなくったって、がーんと来る。よくよく腹の立つ話さ。こんな酷い話、人の世にあっていいもんかってね」

「わしは元同心だった儀平次が、太刀代わりにしていた、棒切れが何とも切なくてやりきれない」

田端がぽろっと赤裸々《せきらら》な心情を洩らした。

「返す返すも芳太郎ってえ、出来損ないは大悪党ですよ」

松次はぎりぎりと歯嚙みした。

「あんな奴が今まで、どうして、野放しにされてたのか——」

「しかし、芳太郎は阿片にやられて、もはや、人の体をなしておらず、重く寝ついていたというではないか」

田端は冷静な目を季蔵に向けた。

「わたしにはそう見受けられました」

「芳太郎のところへ案内してくれ」

田端が季蔵を促して立ち上がると、松次があわてて番屋の油障子を開けた。

「油断がならない相手です。お嬢さんは店に戻って待っていてください」

おき玖も今度ばかりは頷いて、

「わかったわ。足手まといになってはいけないし。でも、季蔵さん、くれぐれも気をつけて」

怪我をした季蔵の腕をじっと見つめた。

「大丈夫ですよ。田端様が北町奉行所きっての手練《てだ》れで、松次親分の投げ十手《じって》がたいそうなものなのはご存じでしょう」

「それはそうだけど」

見送るおき玖の目は、季蔵の腕から離れなかった。

昨日同様、芳太郎の家は、咲き乱れる菜の花に囲まれて、しごく、のどかに見える。今日はまだ、日暮れ時ではないので、眩《まばゆ》い陽《ひ》の光の中に鎮座しているかのようだった。

「こりゃあ、いい眺めだ」

松次は一瞬、見惚《みと》れたが、

「おっと、油断は禁物だ」

唇をへの字に結んだ。

戸口を入ると、ぷーんと嫌な臭いが鼻を突いた。

田端が二人を目で制して、先に立って廊下を歩き始めた。田端の手はぶらりと下がったままだが、ぴんと張り詰めた後ろ姿には、寸分の隙も見受けられない。

田端は臭いのする部屋の前で立ち止まった。

──ここだな──

田端の目に季蔵が頷くと障子が開けられた。

──これは──

季蔵は目を瞠った。

人が死んでいる。一人ではなく二人──。死んでいるのは、寝たきりで世話を受けていた芳太郎だけではなかった。儀平次を殺し、季蔵に斬りつけた浪人者の大男の骸が、芳太郎の上に重なっている。

思ってもみない光景であった。

「こいつぁ、いってぇ、何なんだ」

松次が頓狂《とんきょう》な声を上げた。

季蔵は念のためと、二人の首筋に手を当てた。その際、口から茶色い汁をこぼして息絶えている芳太郎と、苦悶《くもん》の末、大きく目を剝いて果てた浪人者の顔を見た。

「種類は違うようですが、共に毒にやられています」

「そのようだ」

田端は松次と二人がかりで、大男の浪人者を、枯れ木のような芳太郎の上から移して、畳の上に寝かせようとしたが、思うように離れず、季蔵が手伝って、三人がかりになった。その時、芳太郎の胸の上から、きらきらと光るものが畳に落ちた。

「ほう、これは何かな」

松次は拾い上げた。

小指の半分ほどもない大きさの金の根付けであった。魚の形をしていた。精悍《せいかん》な面構《つらがま》えとふくふくした胴体が特徴的であった。

「鰤のように見えますね」

魚には砺波屋、せいと彫られている。

「おせいは、芳太郎の母親だよ。鰤は越中者にとっちゃ、郷里の宝だ。だから、鰤で縁起を担いだんだろう」

――母親から芳太郎が貰《もら》い受けて、身につけていても不思議はないが――

「こいつが芳太郎の世話をしていたと言ったな」

田端は浪人者の骸を見据えた。

「はい」

「芳太郎は昨日、今日、このようになったとは思えない。また、こいつに人の良心があったとも思えん。あったら、このような仕事を引き受けはしないだろう。人殺しを厭《いと》わない輩《やから》は、盗みなどへとも思わない。芳太郎が金の鮪を持っていれば、とっくに取り上げて、酒代にでも替えていたはずだ。どうして、芳太郎の胸の上に、金の鮪が載っていたのか――」

すると松次は、

「二人は折り重なって死んでたんですよ。これはどう見ても、無理心中の形だ。芳太郎の世話に嫌気がさした浪人者が、ひとおもいに阿片の量を増やして、芳太郎を殺し、自分も後を追ったって、ことじゃねえんですか？　浪人者は金の鮪を酒代にはせず、後生大事に取っておいたのかもしれないし――」

――自害した者があのような形相《ぎょうそう》を遺すものか――

季蔵は浪人者の恨みの籠もった目に吸い寄せられた。

――儀平次さんの目と同じだ――

畳に目を凝らした。

盃と大徳利が転がっている場所から、芳太郎の寝床へ向けて、血の混じった吐瀉物《としゃぶつ》の筋が続いていた。

――浪人者は苦しみながらも、最期の力をふりしぼって、芳太郎にのしかかった。だとしたら――

田端の目線も畳に付いた筋に注がれている。

「ここには、こいつらの他に誰か居たのではないか？」

田端の指摘に、

「そう考えると、金の鰤が、芳太郎の胸の上に残っていたことの説明がつきますね」

頷いた季蔵を、

「どうつくんだか、俺にはわからねえぜ」

松次はじろりとねめつけた。

「この大男の死に顔には恨みが籠もっています。酒に毒を盛られたとわかって、もう、助からないだろうと察した時、その相手を指して、恨みを晴らして欲しいと願っても不思議はありません。おそらくその相手は先に、芳太郎を手にかけたのでしょう。いつもより多量の阿片を飲ませた時、金の鰤の根付けが落ちたのです。そして気づかずに、この場を離れた。大男は自分たちを見つけた者が、金の鰤の持ち主に行き着くことを願って、その大きな図体を芳太郎の骸へ投げかけ、たとえ、落としたことに気づいた相手が戻ってきても、探せないようにしたのではないかと思います」

季蔵の説明に、田端は無言で頷き、

「こんな奴にも、意地があったってわけか」

ぼそっと松次は洩らして、

「そうなると、その相手とやらは、こいつとつるんでた奴だな。信じてた奴にしてやられるほど、口惜《くや》しいことはねえはずだ。そいつを突き止めねえと、こいつだけじゃない、殺された者たちの供養ができねえ――」

じっと宙を睨みすえた。

「砺波屋へ行く」

身を翻《ひるがえ》した田端はもう戸口を出ていた。

十

その翌日、北町奉行鳥谷椋十郎は暮れ六ツの鐘が鳴り終わるのを待って、塩梅屋の暖簾を潜《くぐ》った。

巨漢の鳥谷の丸い顔が覗くと、

「御奉行、どうか、こちらへ」

季蔵は後は三吉に任せて、離れへと案内した。

「瑠璃《るり》は多少、よいようだな」

いたわる眼差《まなざ》しを季蔵に向けた。

烏谷は、童顔に似ず、男女の機微にも通じていて、優しいところがあった。

こほんと咳払《せきばら》いした烏谷は、

「このわしを呼び出したのは、再度、梅見弁当を食わしてくれるためではなかろう」

「半ば、おっしゃる通りですが」

立ち上がった季蔵は、離れの厨から、松花堂を運んできた。

「全部というわけではありません」

「おお、梅見弁当か」

烏谷の顔がぱっと輝いた。

「ただし、摘み菜に出かける暇がないので、つくしなどの野草は揚げ物にできませんでした」

「わしは鰤の照り焼きがあればよい」

烏谷はてり良く焼かれた鰤の切り身に箸を伸ばした。

「鰤は、酒に漬けておけば、多少、日持ちがいたしますので、召し上がっていただけるのです」

「これは何だ？」

烏谷はぽつぽつと細く濃緑の点が見える、つみれ状の揚げ物を次に摘んだ。

「それが野草の揚げ物代わりです。鹿肉の清草揚げでございます」

季蔵は相手が食通を自負する烏谷とあって、鶏には代えず、三吉を百獣屋に走らせて、もとめた鹿肉を使った。

これを嚙みしめた烏谷は、

「ふむ。この香りが清草の謂《い》われか。なるほどなるほど」

感心してぺろりと平らげると、

「たしかに美味い」

膝《ひざ》を叩いて喜んだ。

「出し惜しみせずに、もっと食わしてくれ」

「わかりました」

季蔵は厨から七輪を運んでくると、油の入った鍋をかけて、マンネンロウを香り立たせながら揚げ物を続けた。

「揚げ立てが何よりだ。臭味がまるでない」

烏谷はふうふうと息を吹きかけながら、優雅に箸を動かし、手酌で心地よく酒を飲んだ。

「眠くなる前に話を聞かせてくれ」

口調は穏やかそのものだったが、目は鋭かった。お役目に関することとなると、能吏《のうり》の烏谷は徹して怖いほど怜悧《れいり》であった。

「地獄耳の御奉行様のことです。これからわたしが何を話すか、すでに、お察しになっておられるのではございませんか？」

「そちも食えなくなったものだ」

ぎらりとその目が光った。やはり、烏谷の朗《ほが》らかさは口だけである。

「わしもそなたに動いてほしい用ができたところだった」

さらりと烏谷は言ってのけた。

――やはりな、思っていた通りだ――

「とはいえ、呼び出させていただいたのは、このわたしでございます。わたしからお話しいたしましょう」

――先手を取らないと――

季蔵は十年前、砺波屋の手代、與助が主筋の罪を被って島送りになった件を端緒とする、一連の殺害事件について、なるべく、感情を挟むまいと苦慮しながら話した。

しかし、

「何と、そちがそこまで深入りしていたとはな」

烏谷はすぐに波立っている季蔵の気持ちに気がついた。

「まあ、與助とやらの最期に立ち会ったり、元同心の悔恨の情につきあったりしたのだから、人として、致し方のないことなのだろうが――」

烏谷の眉が曇っている。

「能代春慶の三段重箱のこともございます。とっつあんは、與助さんのために、儀平次さんと想いを分かち合っていたのです」

「長次郎のことを言われると弱い」

真顔で烏谷は頭を抱えた。

「儀平次とやらは、同心を辞めた長次郎をどれだけ知っている？」

季蔵は儀平次から聞いた通りを話した。

「それだけであったか――」

烏谷はほっと息をついた。

「一つ、お訊《たず》ねしてよろしいですか」

相手はよいとは言わなかったが、季蔵は先を続けた。

「とっつあんが料理人になった理由はわかりました。けれど、なにゆえ、また、人に秘して、御奉行の仕事をするようになったのかと――」

「蚊にやられた」

烏谷は大きな掌でぴしゃりと自分の額《ひたい》を叩いた。

「わしは子どもの頃から蚊が大嫌いだ。ぶんぶん耳元で唸《うな》るし、刺されると痒《かゆ》いのが、どうにも、我慢ならん。だから、夏になると、蚊が止まったとたんに叩き落とす。こう見えても結構な腕前なのだぞ。ぶーんと来たら、さっと手が伸びる。だが、時には、わしに叩き落とされる前に、首尾良く血を吸って、飛び立つ蚊もいる。そんな蚊はまるで、唸る音を立てない。小癪《こしやく》で腹立たしいが利口な蚊だ。ちょうど、今のそちのように――」

季蔵は烏谷に睨み据えられた。

「恐れ入ります。ただ、こればかりは、どうしても知っておきたくて――」

「長次郎の覚悟を知った当時の北町奉行が、長次郎の探索の手腕を惜しみ、表向き奉行所を辞し、密かに自分に力を貸して欲しいと頼んだそうだ。頼んだというより脅したのだ。添い遂げようとした女の咎《とが》を不問に付す代わりにな。ところが、長次郎の女房になった女は、おき玖が幼い時に死んだそうだ。今際の際に、長次郎の女房はこう言ったそうだ。

〝罰が当たったのです。この世で罪を償わなかったわたしは、きっと地獄に落ちるでしょう。罰はわたし一人で受け続けますから、どうか、あなたはおき玖とこの世で幸せになってください〟と。惚れに惚れた女に、あっけなく、逝かれた長次郎は、毎晩のように酒を飲んで泣いた。娘は可愛いけれども、女房の代わりにはならないというのだ。死ぬことばかり考えていて、女房と同じ地獄へ落ちたいと言い続けた。すると、〝その覚悟でやってみてはどうか。そちが、真に正しい裁きの役に立って、徳を積み続ければ、いつか、女房の罪を贖《あがな》うこともできる。二人しての極楽浄土も夢ではない〟と口説き、隠れ者の仕事を続けさせたのだ」

「絶望していたとっつあんは、絶好の獲物だったのですね」

皮肉をこめたつもりはなかったが、

「おっと、また、やられた」

烏谷はぴしゃ、ぴしゃと今度は両頰を叩いた。

「能代春慶の三段重箱をひとり膳にしようとした長次郎は、元同心の儀平次にかつての自分を重ねたのだろう」

目を伏せた烏谷に、

「お願いがございます」

季蔵は平伏した。

「先を言うな」

烏谷は目を上げた。

「いえ、申し上げます」

「許さぬ」

一瞬、腰に伸びかけた烏谷の手が、再び、ぽんと額に跳ね上がって、

「まいった、今日の蚊はしぶとい」

からからと野太い声で笑った。

「言うてみよ」

「ありがとうございます」

季蔵は田端や松次と一緒に、砺波屋へ出向いた時の話を始めた。

「要はこれであろう」

烏谷は片袖を探って、袱紗《ふくさ》を取り出すと、中を開いた。

十一

袱紗の中から出てきたのは、昨日、田端が持ち帰った金の鰤であった。

「わしに似ていないか？」

烏谷は金細工の根付けを顔に近づけて、にやりと笑った。

「田端宗太郎《そうたろう》が朝一番で役所まで預けに来た。事情はもう聞いている」

――思った通りだ――

季蔵は怯《ひる》むことなく、

「砺波屋のお内儀、おゆみさんに話を聞きました。その金の鰤はたしかな証になると思います。砺波屋の先代はこれを二つ作って、跡を継ぐおゆみさんと武丸屋の秀助に渡していたのです。おゆみさんには自堕落な兄の芳太郎に代わって、砺波屋を立派に栄えさせるようにとの守り代わりでしょう。同じものを、秀助にも渡したのは、分家させたものの、何をしでかすかわからない芳太郎を深く案じ、今後のことを、くれぐれもよろしくと頼みたかったからではないかと、おゆみさんはおっしゃっていました。おゆみさん宛《あ》ての書き置きには、〝芳太郎のことは、あの秀助さんが一生、温かく見守ってくれる。だから、一切、縁を持つこともない。芳太郎のために、秀助さんが足を折って、長く、不自由したことを、おまえも、覚えているだろう？　秀助さんは芳太郎にとって身内同然、兄さんみたいな人なのだから〟等、先代の思いが切々と書かれていたそうです。それで、おゆみさんは、今まで、いつも心の中で秀助に手を合わせつつ、芳太郎とは、ほぼ絶縁で過ごしたとのことでした。金の鰤の根付けを持っているのは、おゆみさんのほかには、秀助しかおりません。黒幕はこの秀助です」

毅然と言い切った。

「芳太郎の家で死んでいた浪人者の名がわかった。上州《じょうしゅう》から流れてきた者で、名は蒲原兵《かんばらへい》三郎《ざぶろう》。元は武丸屋の用心棒だったのが、いつのまにか、芳太郎の家に住んで、寝たきりのあいつの世話をしていた」

「それでは知らぬ、存ぜぬは通らぬはず」

「秀助はおそらく、蒲原兵三郎のことは、奉公人だったと認めるだろう。だが、芳太郎や蒲原を殺したのが自分だとまでは、決して、認めぬぞ。金の鯆は欲深な蒲原に盗まれたのだとしらを切るに違いない」

両腕を組んだ烏谷は、さあ、どうするのだといわんばかりに、季蔵を見据えた。

「武丸屋は羽振りがよい。奉行所だけに留《とど》まらず、上にも奥にも、たっぷりと撒《ま》き散らしていると聞いている。まさに昔の砺波屋、ここにありだ。大番屋でしらを切り通せば、小伝馬町送りにもならず、大手を振って、家に帰れる手だてを画策できる」

「これだけ証が揃っているというのに、秀助に罪を償わせられないというのですね」

淡々とした口調に季蔵を烏谷は、ほうという表情で見つめ直した。

——どうやら、このことも承知していたようだ——

これはますます、手強《てごわ》いと烏谷は観念したが、

「それゆえ、そちに急用ができた」

囁くように言って、

「あの男や武丸屋は、悪事の問屋のようなものだ。阿片だけでも、首を刎《は》ねることができるというのに——」

さらに、季蔵を憤《いきどお》らせようとした。

「御奉行」

季蔵は微笑んだ。

「おっしゃりたいことはわかります。わたしに何をさせたいのかも——。しかし、今度ばかりは、御奉行の命《めい》に添うことはできかねます。秀助に関わって、殺されていった人たちの無念の情があまりにも深いからです。この季蔵、我が身に替えても、秀助を白州に引きだし、その数々の罪を白日《はくじつ》の元に晒すべきだと思うのです。そうしなければ、あの世のとっつぁんに叱られてしまう気がしてなりません」

——たしかに、長次郎でも、そう願って、わしに楯突くことだろう——

「わかった」

短く応えて烏谷は立ち上がり、季蔵を振り返った。

——これ以上、もう、わしには何も言えぬ——

——どうか、ご安心ください——

季蔵はまた微笑んで、

「塩梅屋季蔵の振る舞いに終始いたします。どんなことがございましても、御奉行の御名は口にいたしません」

と言った。

季蔵は以下のような文を秀助に届けた。

わたくしは砺波屋さんでお目にかかった料理人でございます。ふと訪れたある場所で、骸二体を見つけ、その折に金の鰤を拾いました。思うところがございまして、番屋には届けず手元に置いてございます。お心当たりがおありでしたら、今宵、五ツ半（午後九時頃）、下谷《したや》の廃寺秋村寺までおいでください。

武丸屋秀助様

塩梅屋季蔵

この夜、季蔵は長《なが》っ尻《ちり》の客を見送ったところで、

「何だか、今日は春だというのに寒くて——。時季外れの風邪かもしれません」

ぶるっと身体を震わせてみせると、

「それはいけないわね。暖かいと思えば寒い日もある春の風邪は、厄介だというから、早く帰って休んで。たぶん、お客さんはもうお見えにならないだろうし、後片付けは気になるだろうけど、大丈夫、あたしと三吉に任せてちょうだい」

首尾よくおき玖が追い出してくれた。

季蔵は下谷へと急いだ。

風邪は方便だったが、暖かいはずの春の夜風が、今日ばかりは、ひやひやと冷たく感じられる。

夜半の秋村寺は草木の黒い影の中に埋もれている。

季蔵は本堂の扉を開けた。用意してきた手燭《てしょく》に火を点すと、真っ暗だった板の間には厚く埃《ほこり》が積もり、仏像、仏具の類《たぐい》には蜘蛛《くも》の巣が幾重にも張り重なっているのが見てとれる。

「塩梅屋」

御本尊を背にして座ると、松次の低い声が聞こえた。

「ここに居る」

立ち並んでいる仏像のうち、左隅の一体が口を利いた。松次である。右隅の大きな仏像の陰に隠れている田端は、声をかける代わりに、ぐらりと一揺れさせた。

段取り通りであった。

「まだかね」

松次が焦《じ》れかけた時、

「〝梅一輪一輪ほどの暖かさ〟とはいうけれど、今夜は寒いね」

本堂に秀助が上がってきた。

「こんなむさいところで話をしようとは、塩梅屋さん、あんたもよくよく無粋《ぶすい》だね」

狐を思わせる細面《ほそおもて》の顔がにやっと笑った。

「まあ、度胸だけはいい」

秀助の眉が上がった。

「困るね、ああいう文は――」

「左様でしょうか」

「金の鯑は、砺波屋の先代から貰い受けた、大切な品だ。大事にふすべ革の煙草入れ《タバコ》に付けていたつもりが――。近くに盗っ人がいたとは油断がならないねえ」

「実を言うと、わたしが芳太郎のところで拾ったのは、金の鯑だけじゃないのです。秀助さん、あなたのお好きなものも一緒に落ちていました」

季蔵は思わせぶりに微笑んだ。

「それは何だね」

秀助の頬が引《ひ》き攣《つ》った。

「よくご存じでしょう」

焦らせる季蔵に、

「何だと訊いているんだ」

とうとう秀助は声を荒らげた。

「今もお持ちの好物です」

季蔵は相手の右袖に目を据えた。

「落とすようなものは何も持ってなぞいない」

「ならば、あなたの右袖の染みは何です？」

「これは」

秀助は右袖を押さえた。

「茶色い染みは干し杏子の汁が付いたものでしょう。このところ、暖かいですからね、袖を汚すこともあるのでは？」

「落ちていたのは干し杏子だったのか？」

「ええ、もちろん。金の鰤一品なら、盗まれたで通せるかもしれませんが、これに干し杏子が加わると、もう、惚《とぼ》けることはできませんよ。蒲原兵三郎が盗っ人だとしても、干し杏子で酒は買えません」

「あんた、この話を誰かにしたか？」

秀助の目がきらっと光った。

「いいえ」

「やはりな」

秀助は薄く笑った。

「金だな」

「料理人なぞ、たいした稼ぎにはなりませんし、他人《ひと》の口福《こうふく》のために日々、あくせくするのに嫌気がさしたのです。正直、金がほしい。とはいえ、わたしのねらいはそれだけではありません。金は使えばすぐに無くなってしまいます。わたしも金の成る木がほしいのです、人の血と汗と涙を肥やしにして太る、あなたの阿片の木のように――」

「仲間になりたいというわけだな」

「ただし、わたしは、おれんさんや蒲原様のように殺されたくはございません。わたしを武丸屋の大番頭に据えるという一筆をいただいた上で、お仲間に加えていただきたいのです」

季蔵は胸元から料紙を取り出した。

「身の程知らずもたいがいにおし、おまえほどの馬鹿は見たことがない。おまえのような奴には、料理人だって過ぎている」

秀助は高く嘲笑《あざわら》った。

「おれんは利口者だったが、気が優しすぎて、わたしがやらせた與助殺しの罪に耐えられそうになかった。この女は、悩み抜いて、いつか、誰かにしゃべっちまうだろう。それでも、蒲原に命じて口を封じさせたのさ。図体ばかり大きい蒲原は、馬鹿の骨頂だったが、それでも、おまえほどではなかった。酒が好きで好きで、その勢いで博打《ばくち》にも手を出していた。わたしがくれてやる金だけでは足りず、おれんのところへ立ち寄ったのを咎めると、それなら、砺波屋へ行って、酒代を貰うまでだと抜かすようになった。悪いのは酒だったが、死んでもらうしかなかった。そろそろ、芳太郎ともども、始末する頃合いだと思っていたからね。なに、おれんや芳太郎、蒲原の代わりなど幾らでも探せる」

――亀可和の吉次さんが言っていた大男というのは、蒲原のことだったんだ――

「とうとう、おっしゃいましたね」

季蔵は秀助を睨み据えて、

「田端様、松次親分――」

後ろの仏像に声を掛けた。

「聞いたぜ」

松次が飛び出してきた。

「武丸屋秀助」

田端は今まで、季蔵が聞いたことのない、破鐘《われがね》のような大声を張り上げた。

「おれん、蒲原、芳太郎殺しの咎、しかとこの耳で聞いた。かくなる上は神妙に縛《ばく》につけ」

「やっておくれ――」

秀助が叫ぶと、本堂の扉が開いて、武丸屋と染め抜かれた、揃いの羽織を着た男たちがなだれこんできた。

「やっちまえ」

「かまうもんか」

男たちは血気盛んに匕首《あいくち》を振りまわしたが、もとより、手練れの田端と松次の十手投げに、敵《かな》う相手ではなかった。

季蔵に匕首が振り下ろされようとした時、松次の絶妙な投げ技が、瞬時に相手の匕首を叩き落とした。

――わたしもお役に――

咄嗟に匕首を拾おうとした季蔵だったが、

――深入りするな。とっとと消えろ――

松次の目に促され、目礼すると、走って秋村寺を後にした。

北町奉行所同心田端宗太郎と岡っ引きの松次が、何人もの人を殺めた上、阿片の密売で、富を築いていた武丸屋秀助とその一味を、大立ち回りの末、一網打尽にした武勇伝は、江戸っ子たちの溜飲《りゅういん》を下げた。

秀助は意外に脆《もろ》く、吟味役に責め詮議を匂わせられると、どうせ、死ぬのならこれ以上、辛い苦しい目には遭いたくないと言って、過去に犯した罪のすべてを白状した。

その一つがおとせ殺しであった。砺波屋の養女同然になったものの、父自らの口から、咎人だと偽りを告げられたおとせの心には、嵐が吹き荒れ続けた。

嵐でささくれだってしまったおとせを欺《だま》すのは、芳太郎にとっては赤子の手を捻るよりたやすかった。〝あたしは馬鹿正直のおとっつあんと違う。罪を犯しても、大手を振って歩いてやるんだ〟とうそぶいて、当時、茅町の長屋に住んでいたおれんと共に、悪行に手を染めていた。藤八五文薬売りを真似た、越中魂丹売りは格好の隠れ蓑《みの》だったのである。

「おとせは芳太郎がおやじを島送りにした張本人だと知らなかった。だから、恋心を抱いたのだろうよ」

秀助は吐き捨てるように言った。

「芳太郎が身代わりに島へ送られた與助のことなど、三日で忘れるような身勝手な男だったというのに――。馬鹿な女だ」

秀助はおとせの芳太郎への想いがこれほどでなかったとしたら、ごろつきどもに、嬲《なぶ》り殺させたりはしなかったろうと、自嘲《じちょう》の笑みを浮かべた。

「わたしはおとせが好きだった。芳太郎などよりも何倍も――。それで、思い余って、おやじは芳太郎の身代わりになったんだと、教えてやった。だが、おとせは〝そんなことはない〟と、決して、信じようとはしなかった。その時、おとせが殺したいほど憎くなった。言うことをきかないおとせを見せしめに殺すというわたしに、芳太郎ときたら、〝ふうん、そうか〟と、相づちを打っただけだった。断っておくが、この時、奴は薬毒を恐れていて、まだ、阿片に染まっていなかった。女漁《あさ》りが好きでおとせもその一人だった。だから、おとせが死んだと報せた時も、やはり、〝ふん、そうか〟だ。この時、おとせに向いていた憎しみが芳太郎に移った。女よりも阿片の方が楽しみが大きい、使い方を工夫すれば大事にも至らないと芳太郎に言い含め、長い時をかけて阿片に漬け、さんざん苦しませて、じわじわと人ではなくしたのはそのためだ」

　おれんについては、

「おれんはずっとわたしたちの仲間だった。そもそも、越中魂丹っていう名を思いついたのもおれんさ。茅町の長屋の連中にも儲けさせてもらったよ。でも、春をひさいだり阿片を買うカモを見つけてくるだけでは、梅見茶屋の女将になるという、おれんの夢は叶うはずもないと、おれん自身もわかっていた。それで、わたしたちの仕事を陰で手伝い続けた。おれんの梅見茶屋がおっとり商売で、夜に客を取らないのは、そこで、取引が行われていたからだ。おれんが與助を殺したのは、與助の赦免を知ったわたしが、必ず、そうしろと指図しておいたからだ。もっとも、おとせを神田川べりまで呼び出したのは、おれんだからな。指図に従うしかなかっただろうよ。次には自分が殺されるとも知らずにな」

と話した。

砺波屋は裁かれなかった。かつて砺波屋の先代おせいから、たっぷりと賄賂《わいろ》をせしめていた重職たちが、その発覚を恐れたからである。秀助が阿片密売の黒幕で、芳太郎を長きにわたり阿片で操り、廃人にした上、何人もを殺めたことだけが裁かれた。

「與助の供養をしなければ、死んだおっかさんに叱られる」

砺波屋の内儀おゆみは、與助の骸をおとせが眠る菩提寺に移そうとして、

「兄と一緒では浮かばれないかもしれません」

季蔵に相談に訪れた。

「與助さんを待っていた儀平次さんは、骸を引き取る身よりがないとわかったので、先代長次郎の墓の近くに弔うつもりです」

季蔵は能代春慶の三段重箱ひとり膳について話し、

「わたしは近々、儀平次さんと先代の墓前に、これを手向《たむ》けるつもりでおります。できれば與助さんにもここへおいでいただきたい。そのようにお願いできませんか？　そもそも、二人の計画は與助さんのためだったのですから――」

「わかりました」

おゆみの目が濡《ぬ》れた。

「是非、與助もそちらへ。もちろん、おとせちゃんのお墓も一緒に」

こうして、長次郎の墓は賑《にぎ》やかになった。

季蔵は豪助《ごうすけ》を拝み倒して飛騨《ひだ》鰤を手に入れ、会心のかぶら寿司や切り身の塩焼きを盛り入れた。ただし、鰤ならどこのを使っても美味《おい》しい照り焼きも加え、このところ、評判の芳《かんば》しい清草揚げを、万人向きの鶏使いにして添えるのを忘れなかった。

――鹿肉では、料理人のとっつあんや儀平次さんは面白がるだろうが、與助さんには馴染まないだろうから――

この様子を見ていた三吉が、

「そうだ、思い出した」

しまったと頭に手を当てて、

「おいら、昨日、いい漬かり加減になった、鹿肉の清草味噌漬けを届けに行ったろ。その時、良効堂さんのご主人に、伝えてくれって頼まれたことがあったんだ。これ」

きまり悪そうに袖にしまいこんでいた文を差し出した。

それには、以下のように書かれていた。

先の鹿肉の焼膾《やきなます》風は、たいそう、お客様たちに喜んでいただきました。こんなに美味しく百獣《ももんじ》が食べられるとは――と皆さん、驚いておられました。ありがとうございました。心から御礼申し上げます。さて、お心尽くしの百獣料理なのですが、実は、妹の嫁ぎ先へも届けております。長引いていたお義母さんの風邪に、たいそう効き目があったと聞きました。美味しいので食が進むのだそうです。今回の清草味噌漬けもきっと、お喜びいただけることでしょう——

——そうか、周囲が案じるほど長引く風邪を母上が——お年を召されたのだな——

鼻の奥がつんと痛くなった。

〈参考文献〉

『鰤のきた道―越中・飛驒・信州へと続く街道』
松本市立博物館編　市川健夫監修（オフィスエム）
『御前菓子をつくろう―江戸の名著「古今名物御前菓子秘伝抄」より』
鈴木晋一現代語訳（ニュートンプレス）
『ヴェスタ　No.62　〃お弁当―小さくて大きな玉手箱〃』（農山漁村文化協会）

※本書は時代小説文庫（ハルキ文庫）の書き下ろし作品です。

時代小説文庫

わ 1-12

ひとり膳《ぜん》 料《りょう》理《り》人《にん》季《とし》蔵《ぞう》捕《とり》物《もの》控《ひかえ》

著者 和《わ》田《だ》はつ子《こ》

2011年3月18日第一刷発行

発行者 角川春樹

発行所 株式会社 角川春樹事務所

〒102-0074 東京都千代田区九段南2-1-30 イタリア文化会館

電話 03(3263)5247[編集] 03(3263)5881[営業]

印刷・製本 中央精版印刷株式会社

フォーマット・デザイン＆シンボルマーク 芦澤泰偉

ISBN978-4-7584-3532-1 C0193

http://www.kadokawaharuki.co.jp/[営業]

fanmail@kadokawaharuki.co.jp[編集] ご意見・ご感想をお寄せください。

時代小説文庫

和田はつ子
あおば鰹《がつお》
料理人季蔵捕物控

書き下ろし

初鰹《はつがつお》で賑わっている日本橋・塩梅屋に、頭巾を被った上品な老爺がやってきた。先代になったある日、老爺が首を絞められて殺された。犯人は捕まったが、どうやら裏で糸をひいている者がいるらしい。季蔵は、先代から継いだ裏稼業〝隠れ者〟としての務めを果たそうとするが……。〝医者殺し〟(鰹のあら炊き)を食べさせてもらったと言う。常連さんとも顔馴染みにな(「あおば鰹」)。義理と人情の捕物帖シリーズ第三弾、ますます絶好調。

和田はつ子
お宝食積《くいつみ》
料理人季蔵捕物控

書き下ろし

日本橋にある一膳飯屋〝塩梅屋〟では、季蔵とおき玖が、お正月の飾り物である食積の準備に余念がなかった。食積は、あられの他、海の幸山の幸に、柏や裏白の葉を添えるのだ。そんなある日、季蔵を兄と慕う豪助から「近所に住む船宿の主人を殺した犯人を捕まえたい」と相談される。一方、塩梅屋の食積に添えた裏白の葉の間に、ご禁制の貝玉(真珠)が見つかった。一体誰が何の目的で、隠したのか⁉　義理と人情の人気捕物帖シリーズ、第四弾。

時代小説文庫

和田はつ子
旅うなぎ
料理人季蔵捕物控

書き下ろし

日本橋にある一膳飯屋〝塩梅屋〟で毎年恒例の〝筍尽くし〟料理が始まった日、見知らぬ浪人者がふらりと店に入ってきた。病妻のためにと〝筍の田楽〟を土産にいそいそと帰っていったが、次の日、怖い顔をして再びやってきた。浪人の態度に、季蔵たちは不審なものを感じるが……（第一話「想い筍」）。他に「早水無月」「鯛供養」「旅うなぎ」全四話を収録。美味しい料理に義理と人情が息づく大人気捕物帖シリーズ、待望の第五弾。

和田はつ子
時そば
料理人季蔵捕物控

書き下ろし

日本橋塩梅屋に、元噺家で、今は廻船問屋の主・長崎屋五平が頼み事を携えてやって来た。これから毎月行う噺の会で、噺に出てくる食べ物で料理を作ってほしいという。季蔵は、快く引き受けた。その数日後、日本橋橘町の呉服屋の綺麗なお嬢さんが季蔵を尋ねてやって来た。近々祝言を挙げる予定の和泉屋さんに、不吉な予兆があるという……（第一話「目黒のさんま」）。他に、「まんじゅう怖い」「蛸芝居」「時そば」の全四話を収録。美味しい料理と噺に、義理と人情が息づく人気捕物帖シリーズ、第六弾。ますます快調！